I0602324

BRAUT ZU MIETEN

Die Cowboys von Ransom Creek, Buch 2

DEBRA CLOPTON

Braut zu mieten

Copyright © 2017 Debra Clopton Parks

Braut zu mieten

Männliche Singles auf der Suche nach einer Braut für einen Tag? Reines Dienstleistungsangebot. Romantik exklusive. *Brauchen Sie den gewissen femininen Touch bei der Planung oder Vorbereitung eines Events Ihren Vorlieben und Ihres Geschmacks entsprechend, doch mit dem gewissen Etwas Ihrer Brau*t *– wenn Sie eine hätten? Dann rufen Sie* Braut zu Mieten *an, und lassen Sie mich die Arbeit machen…*

Nachdem Bella Reese gleich zweimal sitzen gelassen wurde, hat sie nicht vor herauszufinden, ob aller guten Dinge drei sind. Sie hat die Nase voll von Männern. Doch der Gedanke, eine Braut zu sein, hat ihr immer gefallen, ein Haus einzurichten, Partys zu planen, dafür zu sorgen, dass alles hübsch und heimelig war – das perfekte Nest schaffen … and sie ist entschlossen, diesen Traum nicht aufzugeben. Sechs Monate nach ihrem letzten Hochzeitsfiasko hat sie ein neues Kapitel aufgeschlagen und ihr Geschäft *Braut zu Mieten* gegründet. Bisher war sie unglaublich beschäftigt mit Firmenevents, bei denen „heimelig" nicht Teil der Jobbeschreibung war. Bis jetzt …

Nachdem seine Ex ihn sitzengelassen hat, hat Rancher Carson Andrews nicht vor, noch einmal den Fehler zu machen zu heiraten. Doch jetzt wird seine Tochter fünf, und er will ihren fünften Geburtstag zu etwas ganz Besonderem machen und sein Ranchhaus renovieren, um es für das kleine Mädchen „heimeliger" zu machen. Die Ironie an der Sache ist, dass er zwar auf eine Braut gut verzichten kann, aber am Rand eines kleinen Ortes lebt, der ausgerechnet so heißt – Bride, südlich von Fort Worth, Texas. Wahrzeichen von Bride ist ausgerechnet eine sitzengelassene Braut, verewigt in Form einer Statue auf dem Marktplatz.

Als sein Cousin Cooper Presley ihm die Anzeige in einer Zeitung aus Fort Worth zeigt, ist sie alles, was er sucht – einschließlich der Fußnote „jegliche Romanze ausgeschlossen", darum nimmt Carson sofort das Telefon in die Hand.

Es klingt wie ein perfekter Plan – bis er Bella begegnet.

KAPITEL EINS

„Du brauchst eine Frau."

„Willst du dich unbedingt mit mir anlegen?" Carson Andrews warf seinem Cousin einen finsteren Blick zu. „Die eine, die ich hatte, reicht mir – das weißt du doch. Warum musst du unbedingt wieder davon anfangen?"

„Es ist zwei Jahre her, Carson. Zeit, darüber hinweg zu kommen." Cooper Presley zog eine Braue hoch und schob Carson die Zeitung entgegen. „Aber wenn du keine Beziehung willst, dann brauchst du eine Frau für einen Tag. Lies die Anzeige, dann verstehst du, was ich meine."

Irritiert starrte Carson die Zeitung an.

Männliche Singles auf der Suche nach einer Braut für einen Tag? Reines Dienstleistungsangebot. Romantik exklusive. *Brauchen Sie den gewissen femininen Touch bei der Planung oder Vorbereitung eines Events Ihren Vorlieben und Ihres Geschmacks entsprechend, doch mit dem gewissen Etwas Ihrer Brau*t *– wenn Sie eine hätten? Dann rufen Sie* Braut zu Mieten *an, und lassen Sie mich die Arbeit machen…*

„Das ist die perfekte Lösung für deine Situation." Cooper grinste ihn an. „Ein bisschen unkonventionell vielleicht, aber du brauchst ein weibliches Händchen. Und sie ist in Fort Worth. Das ist nicht weit weg. Sollte also kein Problem für sie sein, hierher zu kommen und dir zu helfen. Einen Anruf ist es auf jeden Fall wert."

Carson sah sich in der Küche um. Sie war ungefähr so anheimelnd wie ein Krankenhausflur – die Wände waren nackt. Auf dem Tresen stand eine Kaffeemaschine und daneben eine Kaffeedose. Die Bar im Wohnzimmer war genauso nackt. Als er an Aprils

Zimmer dachte, runzelte er die Stirn, denn die einzige Dekoration war das Spielzeug, das überall am Boden verstreut war, und eine bunte Decke auf dem Bett.

Carson schnitt eine Grimasse. „Du hast Recht. So ungern ich es auch zugebe, ich könnte jemanden gebrauchen, der mir dabei hilft, das Haus in Schuss zu bringen. Ich meine, April wird Ende des Monats fünf, da sollte ich vielleicht lernen, wie man dekoriert und Kekse backt, und ihr geben, was ihr bisher fehlt."

Cooper lachte. „Du kannst den Teig im Laden kaufen. Den schneidest du nur in Scheiben und backst ihn. Oder du kaufst sie fertig. Kein Grund, die Küche mit Mehl zu pudern oder die Hütte abzufackeln."

„Hey, das kann ich auch selber, wenn ich mir Mühe gebe. Und wer sagt, dass du es besser machen würdest? Soweit ich weiß, seid du und deine vier Brüder immer noch Singles und interessiert euch eher für Pferde als fürs Dekorieren."

Cooper blinzelte in die Sonne. „Das stimmt, doch keiner von uns hat eine kleine Tochter, die sich als Ballerina verkleiden und Teepartys feiern sollte."

Carson warf seinem Cousin einen empörten Blick

zu. „Ich mache schon seit mehr als zwei Jahren Teepartys mit ihr, fang also bloß nicht damit an."

„Das ist ja schön und gut, aber in anderen Bereichen bist du nicht gerade ein Profi."

Nachdenklich blickte Carson über die Wiese hinter dem Haus zur Scheune. Dahinter war ein Pferch, in dem ein riesiger schwarzer Bulle wartete. Carson hatte vor, ihn in zwei Wochen bei dem Event auf der Ranch der Presleys in Ransom Creek zu verkaufen, und Cooper war hier, um ihn sich anzusehen.

Cooper stand am Zaun und blinzelte Carson an. „Warum hast du nicht eine der Frauen hier in Bride gefragt, ob sie dir helfen kann?"

„Keine gute Idee. Ich habe kein Interesse daran, etwas mit jemandem aus Bride anzufangen. Ich kenne ein paar Frauen hier im Ort, die gerne hier rauskommen und mir helfen würden, und das sind nette Frauen, doch ein paar meide ich wie der Teufel das Weihwasser. Ich will bei niemandem den Eindruck erwecken, dass ich eine Frau hier draußen brauche. Mit mir gibt es keine Zukunft. Ein Ehefiasko reicht mir."

Cooper sah ihn skeptisch an. „Es ist nicht so, dass

du am Altar sitzen gelassen wurdest wie unsere verlassene Braut hier. Ein Griff ins Klo bedeutet noch lange nicht, dass alle so sind."

„Ich werde nicht noch einmal heiraten, Coop. Nie wieder. Ich ziehe meine Tochter groß, ertrage ihre Mutter, wenn sie ab und an mal zu Besuch hier auftaucht – falls sie auftaucht, doch mehr will ich im Moment nicht."

„Aber es ist jetzt schon zwei Jahre her. Du bist seitdem nicht wieder ausgegangen?"

„Nein, bin ich nicht", sagte Carson.

Cooper starrte ihn an, als hätte er den Verstand verloren. „Okay, ich verstehe, dass dich die Trennung innerlich zerrissen hat, das weiß ich. Aber Mann, du musst langsam darüber hinweg kommen."

„Ich werde sie anrufen, wenn du gegangen bist. Mir gefällt der Teil in der Anzeige, in dem sie sagt, dass Romantik ausgeschlossen ist. Ich weiß nicht, was sie dazu gebracht hat, es so ausdrücklich zu formulieren, doch was mich angeht ist das ihr Hauptverkaufsargument."

„Wie du meinst", brummte Cooper. „Solange du

sie anrufst. April wird es dir danken."

Carson wollte nicht, dass sich seine Tochter bei ihm bedankte, er wollte nur das Richtige für sie tun. Sie war der eine und einzige Grund, aus dem er es tat. Für ihn wäre das Haus ganz in Ordnung gewesen, so wie es war. Seit seine Exfrau vor etwas mehr als zwei Jahren davongelaufen war, hatte er keine große Lust auf Dekoration verspürt. Er hatte das Haus verlassen, das er mit Missy bewohnt hatte, und kaum mehr als seine Kleider und ein paar Möbelstücke mitgenommen. Er hatte versucht, alles hinter sich zu lassen, was ihn an Missy erinnerte – abgesehen von seiner kleinen Tochter natürlich. Er wusste, dass das hauptsächlich daran lag, dass er sich verraten fühlte. Gott, und wie wütend er immer noch war. Er wusste nur zu gut, dass es Zeit war zu versuchen, darüber hinweg zu kommen. Ganz gleich, was Missy ihm angetan hatte, sie war die Mutter seiner süßen Tochter, und er musste versuchen, April ein Leben zu bieten, das trotz allem so normal wie möglich war. Er war dankbar, dass er das Sorgerecht für April zugesprochen bekommen hatte – und traurig, dass Missy es nicht einmal gewollt hatte.

Er verdrängte die Gedanken daran, als er in Richtung des Bullen ging. Zeit, über das Geschäftliche zu reden. Und in zwei Stunden musste er April von ihrem Babysitter abholen. Die Tatsache, dass sie schon bald fünf werden würde, machte ihn sprachlos. Die Zeit verging viel zu schnell.

Dieses kleine Mädchen war seine Sonne.

Er würde diese Frau anrufen. Er musste dafür sorgen, dass April alles hatte, was sie brauchte. Oder zumindest das, was er ihr geben konnte, und er hoffte, dass das all das wettmachen würde, was er ihr nicht geben konnte.

Bella Reese bremste, als sie den Eingang zu Carson Andrews' Ranch am Rande von Bride, Texas, sah. Die Fahrt war nicht allzu schlimm gewesen. Von ihrer Wohnung am Stadtrand von Fort Worth aus hatte sie knapp zwei Stunden gebraucht. Als der geschiedene Vater sie vor drei Tagen angerufen hatte, hatte seine Anfrage sie neugierig gemacht.

Seitdem sie sich vor sechs Monaten selbständig

gemacht hatte, hatte sie recht gut zu tun gehabt – was ein Segen war. Doch anstatt Kunden beim Dekorieren ihrer Häuser zu helfen und ein warmes und glückliches Umfeld zu schaffen, wie sie es sich erträumt hatte, hatte sie Firmenevents organisiert. Das sorgte für ein stabiles Einkommen, hatte jedoch ihre tief verwurzelte Sehnsucht danach, jemandem dabei zu helfen, ein warmes Zuhause zu schaffen, nicht erfüllt. Carson Andrews' Anruf hatte sie so glücklich gemacht, als er ihr in wenigen Worten erklärt hatte, dass seine kleine Tochter bald ihren fünften Geburtstag feiern würde und er wollte, dass sie sein Haus zu einem Zuhause machte und alles Nötige unternahm, um es zu einem schönen Umfeld zu machen, in dem seine Tochter aufwachsen konnte. Und wenn sie schon dabei war, könnte sie ihm vielleicht auch bei den Vorbereitungen für ihre Geburtstagsfeier helfen.

Oh welche Freude! Bella hatte das Projekt angenommen, und nachdem sie aufgelegt hatte, hatte sie einen kleinen Freudentanz in ihrer Wohnung aufgeführt, so aufgeregt war sie. Sie würde aus dem Haus das beste Zuhause machen, das Mr. Andrews und

April je gesehen hatten. Dieses Privileg und die Summe, die er ihr zahlte, waren die zweistündige Anfahrt wert. Um ehrlich zu sein hätte sie den Job auch für weniger angenommen, einfach nur, um die Befriedigung zu erleben, zu tun, wonach sie sich sehnte. Ihrem Portfolio würde es auch gut tun, doch das war ihr weniger wichtig als die Freude, die ihr dieser Auftrag bereitete.

Sie brauchte das Gefühl, erfüllt zu sein, und ein Projekt wie dieses konnte ihr das geben.

Sie brauchte es mehr als jeder, der ihr nahe stand, verstehen konnte.

Es war eine kurze Fahrt die rote unbefestigte Straße hinauf. Zuerst sah sie die Scheune und dann, ein wenig abseits gelegen, das Haus. Doch es war der Mann, der ein Pferd in einem Paddock im Kreis ritt, der ihre Aufmerksamkeit auf sich zog. Er saß aufrecht im Sattel und ließ das Pferd rückwärts gehen, bevor er es ein paar mal schnell umlenkte und dabei eine Staubwolke aufwirbelte. Pferd und Reiter bewegten sich wie eine perfekte Einheit und sie wäre beinahe von der Straße abgekommen, so gebannt war sie von ihrem Anblick. Im nächsten Moment stießen ihre Reifen gegen eine Unebenheit, und sie konnte nicht mehr rechtzeitig bremsen, um zu verhindern, dass sie mit dem Wagen gegen einen Zaunpfahl stieß.

Sie riss das Lenkrad herum und trat auf die Bremse – doch der rechte Kotflügel krachte gegen den Zaunpfahl, und ihr Auto blieb abrupt stehen.

Sie keuchte. Ihr Herz raste, während sie geschockt aus dem Fenster starrte.

So hinterlässt man sicher keinen guten ersten Eindruck.

Carson sah den Wagen in dem Moment, in dem der Kotflügel am Pfosten seines Eingangszauns entlang schrammte. Der Pfosten stand danach nur ein bisschen schief, doch der granatrote Kompaktwagen hatte weit mehr Schaden erlitten. Den Pfosten konnte er ohne großen Aufwand alleine wieder gerade richten, doch der Kotflügel war kaum mehr als Schrott wert.

Er stieg ab, führte den jungen Hengst zum Zaun und band ihn an einen Pfosten. Dann öffnete er das Tor und ging über den Kies auf den Unfall zu. Sein erster Gedanke war, dass dem Fahrer vielleicht etwas passiert war, das ihn dazu gebracht hatte, gegen den Pfosten zu fahren. Wie sonst konnte jemand einen Pfosten übersehen, der fast so dick war wie ein Telefonmast?

Kurz bevor er das Auto erreichte, ging die Tür auf. Eine Frau kletterte heraus und starrte den Wagen an, die Hände in die schlanken Hüften gestemmt. Als sie ihn hinter sich bemerkte, wirbelte sie herum.

„Das tut mir so leid", keuchte sie und wedelte mit der Hand in Richtung Zaun. „Ich kann nicht fassen, dass ich das getan habe."

Er blieb neben dem Pfosten stehen und sah in ihre erschrockenen, leuchtend grünen Augen. „Ich auch nicht", sagte er, denn das entsprach der Wahrheit. „Was ist passiert? Aber viel wichtiger, sind Sie okay?"

Sie war hübsch, mit dicken, dunklen Haaren und weichen Zügen, die ihn auf eine sanfte Seele schließen ließen … doch andererseits wusste er nur zu gut, dass der Schein trügen konnte.

„Mir geht's gut. Alles okay." Dann fiel ihr Blick auf den schiefen Zaunpfahl und sie keuchte erneut.

„Das tut mir so leid. Ich habe Sie beobachtet. Ich meine, ich bin die Auffahrt hoch gefahren, und als ich mich umgesehen habe, habe ich Sie auf dem Pferd in der Staubwolke herumwirbeln sehen und ich … also ich …" Sie verstummte und wurde feuerrot. „Ich meine, ich hab glatt vergessen, auf die Straße zu achten und bin gegen ihren Pfosten gefahren."

Er lachte. Er konnte nicht anders. „Haben Sie noch nie einen Cowboy auf einem Pferd gesehen?"

„Doch, das schon. Ich war nur fasziniert, wie einfach das bei Ihnen aussah. Es war schön. Wirklich. Aber dann ist das passiert." Sie blickte zwischen ihm, dem Pfosten und dem Auto hin und her und verzog das Gesicht.

„Der Pfosten wird das schon überleben. Ich mache mir mehr Sorgen um ihr Auto." Er war froh, dass April bei ihrem Babysitter war.

„Ihre Tochter … das hätte Ihre Tochter sein können", keuchte sie und sah ihn entsetzt an. Ihre Hand wanderte an ihren Mund. „Ich kann gar nicht daran denken. Normalerweise bin ich nicht so unvorsichtig. Ich komme natürlich für den Schaden auf und verspreche Ihnen, dass das nie wieder vorkommen wird. Es tut mir wirklich leid."

Carson wusste ihre Sorge zu schätzen. Er hatte Bella Reese erwartet und kam zu dem Schluss, dass sie die Frau sein musste, die jetzt vor ihm stand. „April ist okay. Sie ist bei ihrem Babysitter. Lassen Sie uns nicht an das denken, was hätte passieren *können*. Sie wirken nicht wie ein unvorsichtiger Typ auf mich, darum ist alles okay. Sie müssen Bella Reese sein."

Sie holte tief Luft und nickte. Dann streckte sie ihre Hand aus. „Ja, ich bin Bella, und normalerweise fällt der erste Eindruck, den ich hinterlasse, anders aus."

Er lächelte. „Sie haben einen interessanten Auftritt hingelegt, so viel ist sicher. Doch gleichzeitig haben Sie einen guten Eindruck gemacht. Es war Ihnen nicht egal. Sie waren geschockt. Alles vergessen. Aber wenn Sie mir noch einen Pfosten umfahren, könnte sich meine Meinung ändern." Es gefiel ihm, zu sehen, wie sich ihre Miene entspannte. Er ergriff ihre Hand, und sein Puls schoss in die Höhe, als er spürte, wie sich ihre Finger um seine schlossen. Ihre Blicke begegneten sich, und ihm wurde die Präsenz in den dunklen Tiefen ihrer smaragdgrünen Augen bewusst. Er ließ ihre Hand los, als wäre sie eine glühend heiße Bratpfanne.

Sie zog ihre im selben Moment zurück, und er musste gegen den Impuls ankämpfen, einen Schritt zurückzuweichen. Als ob das das plötzliche und überwältigende Bewusstsein, dass Bella Reese eine Frau war, ausschalten könnte.

Wie lange war es her, dass jemand ihn so dermaßen umgehauen hatte? Eilig verdrängte er den Gedanken.

Er stemmte seine Hände in die Hüften und starrte den Kotflügel an. „Ich bin mir nicht sicher, ob sie damit nach Fort Worth zurückfahren können. Wir sollten sichergehen, dass beim Aufprall nicht mehr kaputt gegangen ist."

„Okay. Und es tut mir wirklich leid, das war nicht so geplant. Ich bin wegen Ihres Projekts hier, nicht, um Ihnen mitten in Ihrem Arbeitstag Probleme zu machen."

„Schon okay." Er ging an ihr vorbei und zwängte sich hinter das Lenkrad ihres kleinen Autos. Er kam sich vor wie in einer Sardinenbüchse. *Wie konnten Frauen diese Streichholzschachteln fahren?* „Bleiben Sie da stehen. Ich fahre es auf den Hof, dabei kann ich sehen, ob nichts verzogen ist."

„Danke."

Er blickte zu ihr auf und sah den Anflug eines Lächelns, das ihre Mundwinkel umspielte.

„Machen Sie sich etwa darüber lustig, wie ich mich in Ihr Auto falten muss? Derart winzige Autos sollten verboten sein."

Sie schien sich zu entspannen und lächelte. „Ich wollte mich nicht über Sie lustig machen, aber es sieht schon ein bisschen witzig aus…"

„Das ist eine Untertreibung", sagte er. So, wie sie ihn ansah, konnte er kaum den Blick von ihr abwenden. Sie sah umwerfend aus, doch dieser Gedanke war so unwillkommen wie ein Kropf. „Gehen Sie da rüber", sagte er und riss seine Gedanken los.

Sofort wich sie zurück.

Er schlug die Tür zu und ließ den Wagen langsam vorwärts rollen. „Was zum Henker ist los mit dir?", murmelte er, als er den Wagen in Richtung Haus fuhr.

Etwas kratzte am Reifen, und er hielt an. Jemand musste am Kotflügel arbeiten, bevor sie wieder fahren konnte. Er nahm sich einen Moment Zeit, um seine Gedanken zu ordnen. Bella Reese war hübsch und schien nett und aufrichtig zu sein. Sie war hier, um für ihn zu arbeiten, und er reagierte auf sie wie ein Teenager vor dem ersten Date. Es war lächerlich. Er zog ein finsteres Gesicht, als er die Tür öffnete und sich vorsichtig aus dem Wagen faltete.

Sie war ihm gefolgt und stand vor ihm, als er sich aufrichtete.

Er sah das Glitzern in ihren Augen und ermahnte sich erneut, dass er nicht interessiert war. Er rückte seinen Hut zurecht. „Sie müssen den Kotflügel ausbeulen lassen. Er schabt an ihrem Reifen. Nehme an, dass der auf der Rückfahrt platzen würde, wenn Sie vorher nichts machen lassen."

Sie runzelte die Stirn und blickte nachdenklich drein. „Dann brauche ich eine Karosseriewerkstatt oder einen Abschleppdienst. Ich muss ein Angebot für meine Versicherung einholen und wahrscheinlich einen Wagen mieten. Gibt es hier eine

Autovermietung?"

„Nein, keine Autovermietung, aber Bud Cramer kann den Wagen reparieren und ihn auch abschleppen, falls das nötig ist. Er ist gut."

„Okay, wenn Sie mich bitte kurz entschuldigen würden, dann rufe ich die Versicherung an, um das zu regeln, dann können wir uns über das Projekt unterhalten, für das Sie mich engagiert haben. Ich kann mich nur noch einmal für alles entschuldigen."

Er nickte. „Entspannen Sie sich, ist schon okay. Ich geh mein Pferd absatteln, während Sie Ihre Anrufe tätigen, und ich treffe Sie dann auf der Veranda. Sie können gerne schon hoch gehen, wenn Sie möchten.

„Danke, Mr. Andrews."

„Wie wäre es mit Carson? Sonst komme ich mir so alt vor."

„Dann Carson, gerne. Ich bin Bella."

Er ging zurück über die Wiese zum Paddock. Er hatte das Gefühl, dass er sich mit diesem Projekt Ärger eingehandelt hatte. Doch andererseits hatte sie den Pfosten nicht absichtlich angefahren. Plötzlich fragte er sich, ob sie auf alle ihre Kunden dieselbe Wirkung ausübte wie auf ihn. Vielleicht war das der Grund, aus dem sie diesen Keine-Romantik-Zusatz in ihrer Anzeige hatte. Er wusste, dass er sich zusammenreißen musste und ermahnte sich, dass dies ein rein geschäftliches Arrangement war, genau, wie es in ihrer Anzeige gestanden hatte.

Er schüttelte den Kopf, als er den Sattel abschnallte und ihn von seinem Pferd zog. Nein, er war sowieso nicht interessiert.

Nicht jetzt und nie wieder.

KAPITEL ZWEI

Bella blickte Carson Andrews nach, als er zu seinem Pferd ging. Als er selbstbewusst über den Hof marschierte, klickten seine Sporen bei jedem Schritt, und ihr Herz pochte im Takt dazu. *Was in aller Welt war los mit ihr?*

Sie lebte in Texas. In Fort Worth um Himmels willen. Sie wusste, was ein Cowboy war. Sie waren überall, darum konnte sie nicht verstehen, was mit ihr in dem Moment, als sie Carson das erste Mal gesehen hatte, passiert war.

Sie schüttelte den Kopf und beugte sich in ihren

Wagen, um ihren Geldbeutel mit der Versicherungskarte herauszuholen. Kurz bevor sie das Telefonat mit dem Versicherungsagenten beendete, kam Carson zurück und trat zu ihr auf die Veranda. Er ging ins Haus, während sie sich verabschiedete, und kehrte mit zwei Flaschen kaltem Wasser zurück.

„Besser?" Er reichte ihr ein Wasser, ohne sie gefragt zu haben, ob sie eines wollte.

Sie nahm es. Ihre Finger berührten einander und jagten ein ungewolltes Prickeln direkt in ihre Brust, wo Schmetterlinge wie verrückt aufstoben. *Sie hatte kein Interesse an Prickeln. Oder Schmetterlingen. Oder der Tatsache, dass dieser Mann die faszinierendsten blauen Augen hatte, die sie je gesehen hatte.* Sie schraubte die Flasche auf und trank einen langen Schluck. „Alles erledigt", brachte sie heraus, nachdem das kalte Wasser sie wieder zu Sinnen gebracht hatte. „Ich habe Bud angerufen, und er kommt raus, um den Wagen abzuholen. Er kann mir ein Angebot für die Versicherung geben."

„Haben Sie einen Mietwagen gefunden?"

„Nein, noch nicht. Ich weiß immer noch nicht,

was ich deswegen unternehmen soll. Ich werde wahrscheinlich meine Freundin anrufen müssen, damit sie hier rauskommt und mich abholt. In Fort Worth kann ich mir dann einen Mietwagen nehmen."

„Das ist nicht nötig. Ich kann Sie zurück in die Stadt bringen, wenn wir hier fertig sind."

Sie runzelte die Stirn, denn ihr gefiel gar nicht, wie der Vormittag bisher verlaufen war. Das letzte, was sie brauchte, war ein neuer Kunde, der sie zwei Stunden nach Hause fahren musste, weil sie nicht genug Verstand besessen hatte, die Augen auf der Straße zu halten. „Nein, das können Sie nicht. Ich–"

„Ich kann und ich werde. Wollen Sie sich umsehen, bevor Bud kommt?"

Sie fühlte sich furchtbar. Sie wollte ihn nicht ausnutzen, doch er war ihr Kunde, und sie wollte ihn nicht verärgern, indem sie sich weigerte zu tun, weswegen sie gekommen war. „Ja, das wäre großartig."

Als er einen Schluck trank, ertappte sie sich dabei, wie sie ihn anstarrte. Das könnte zu einem echten Problem bei diesem Projekt werden. Seit sie sich selbständig gemacht hatte, hatte sie kein Problem damit gehabt, alles auf strikt professioneller Ebene zu halten. Es war leicht gewesen, auch wenn sie für ein paar wirklich interessante Männer gearbeitet hatte. Doch das hier war anders als ihre anderen Projekte.

Er hielt ihr die Haustür auf und als sie eintrat, erinnerte sie sich, dass sie die fade Suppe war, die jemand für eine Schale heißes Chili stehengelassen hatte. Damals war sie am Boden zerstört gewesen. Sie würde nicht noch einmal eine solche Erniedrigung riskieren. Nein, nie wieder.

Als sie einen Blick in den Raum warf, blieb sie so abrupt stehen, dass Carson von hinten gegen sie stieß.

Er ergriff einen ihrer Arme, um zu verhindern, dass sie stolperte. „Whoa, ich hatte nicht damit gerechnet, dass Sie so abrupt auf die Bremse treten."

Sie blickte zu ihm auf, sich seiner Hand auf ihrem Arm und seiner Nähe allzu bewusst. „Wieder meine Schuld. Ich–" Irritiert von ihrem eigenen Verhalten bewegte sie sich von ihm weg in die Küche. „Das hatte ich nicht erwartet." Sie riss ihren Blick von ihm los und sah sich weiter um. Mit cremefarbenen, nackten

Wänden und leeren Arbeitsflächen wirkte der Raum so anheimelnd wie eine Scheibe trocken Brot. Das Wohnzimmer war nicht viel besser. Beistelltische, ein braunes Sofa und ein Fernseher waren alles, was man auch nur entfernt als Dekoration bezeichnen konnte. „Sie haben es wirklich so gemeint, als Sie gesagt haben, dass Sie seit dem Einzug nicht dekoriert haben."

„Es war keine Lüge", murmelte er beinahe entschuldigend, und sie wünschte sich, sich etwas behutsamer ausgedrückt zu haben.

Sie atmete tief durch und konzentrierte sich auf seine Situation, um sich von ihrem eigenen Unbehagen abzulenken. „Die gute Nachricht ist, dass wir damit gut arbeiten können. Zumindest haben Sie keine durchgeknallten Wandfarben, die wir übermalen müssen."

„Dann ist das was Gutes?"

„Sehr gut sogar. Ich kann Ihr Haus im Handumdrehen heimeliger machen. Kann ich Aprils Zimmer sehen?" Sie fühlte sich besser, als sie an all das dachte, was sie hier tun konnte.

„Heimelig?"

Angesichts des verwirrten Ausdrucks in seinem Gesicht hätte sie fast gelacht. „Ich meine, ich kann ein schönes, gemütliches Zuhause daraus machen. Heimelig."

„Oh, ich verstehe. Ja, das klingt gut. Hier geht's zu Aprils Zimmer. Sieht aber im Grunde nicht anders aus. Ein bisschen chaotisch. April dazu zu bringen, ihre Spielsachen nach dem Spielen wieder in ihre Spielzeugkiste zu räumen, ist immer ein Kampf. Manchmal habe ich einfach keine Zeit dazu."

Bella lachte und beobachtete, wie sein Gesicht strahlte, als er über sein kleines Mädchen sprach. Er war bereit, großen Aufwand zu betreiben, das Haus schöner für sie zu machen, und das gefiel Bella. Sie war ganz aufgeregt, als sie einen überaus schlichten Raum betrat, auf dessen Parkettboden Puppen und Prinzessinnenkostüme verstreut lagen. Auf dem Bett lag eine Tagesdecke mit bunten Blumen, die dem Raum mehr Farbe verlieh als jedem anderen Raum, den sie seit ihrer Ankunft in diesem tristen Haus gesehen hatte. Er hatte es zumindest versucht.

„Und, was denken Sie? Können Sie mir helfen, das Haus für April warm und heimelig zu machen?"

Sie lächelte und wandte sich ihm zu. „Das kann ich, und es wird ein Spaß. Mit dem Budget, das wir noch festlegen müssen, werde ich ein bisschen einkaufen gehen. Was Aprils Zimmer angeht – wäre es okay, wenn ich mich mit ihr unterhalten würde, um ein Gefühl dafür zu bekommen, was sie mag? Sie muss nicht wissen, dass wir es umdekorieren, aber ich bin mir sicher, dass sie Ideen hat."

„Das ist die Untertreibung des Jahres. Sie ist kein Baby mehr. Ich möchte, dass das Zimmer so wird, wie sie es sich wünscht, darum denke ich, es ist okay, ihr zu sagen, was wir vorhaben und sie einzubeziehen."

Bellas Herz schmolz. „Oh wie schön. Ich freue mich schon drauf. Dieses Projekt gibt mir vielleicht mehr als Ihnen."

Er lächelte, und plötzlich kam ihr nichts mehr trist vor. Bella würde sich definitiv zusammenreißen müssen – und das fing damit an, dass sie sich auf das Projekt konzentrierte. Nicht auf ihren Auftraggeber oder sein Lächeln.

Draußen hupte jemand.

„Das muss Bud sein", sagte Carson. „Nach Ihnen." Er wartete, während sie ihm voraus durch das Zimmer, den Flur hinunter ins Wohnzimmer und durch die Küche ging.

Sie öffnete die Fliegengittertür und sah einen Mann in Overall mit einer roten Baseballkappe ihr Auto inspizieren. Sie ging auf ihn zu, dicht gefolgt von Carson. Das Klirren seiner Sporen machte ihr jeden Schritt bewusst. – Sie war sich seiner nur *allzu* bewusst.

Bud war ein hagerer Mann um die sechzig, mit Schnurrbarthaaren, die aussahen, als hätte er sie mit einer stumpfen Heckenschere geschnitten. Er kaute beharrlich auf einem Kaugummi herum, als er sich zu ihnen umdrehte. Er nahm seine Kappe ab und rieb sich mit der Hand über seine militärisch kurz geschorenen, grauen Haare.

Er lächelte und blinzelte sie mit glitzernden Augen an. „Haben wohl einen kleinen Zusammenstoß mit dem Zaunpfahl gehabt, was? Hat Ihnen nie jemand gesagt, dass Telefonmasten nicht nachgeben? Denn der

Pfosten ist einer, nur abgesägt."

„Ja, Sir, ich war nur ein bisschen abgelenkt."

Er verzog das Gesicht. „Sie haben keine SMS geschrieben oder getwittert, oder? Für diesen Unsinn habe ich keinerlei Verständnis mehr. Ich muss immer den Saustall aufräumen, der dadurch passiert. Fahren erfordert Aufmerksamkeit. Leute können sterben–"

„Nein, Sir, ich schreibe nicht, wenn ich fahre und ich twittere nicht."

Er setzte seine Kappe wieder auf. „Gut, die beste Nachricht, die ich den ganzen Tag gehört habe. Dann ist das vielleicht gar nicht so schlimm. Vielleicht brauchen Sie keinen neuen Kotflügel, aber ausgebeult und neu lackiert werden muss er. Ich schleppe den Wagen runter in meine Werkstatt und schreibe Ihnen ein Angebot für Ihre Versicherung. Können Sie runterkommen und den Papierkram ausfüllen?"

Sie sah Carson an.

„Ich bring Sie runter", sagte er. „Kannst du schon was sagen, wie lange es dauern wird? Sie ist aus Fort Worth."

Bud kaute so heftig auf seinem Kaugummi herum,

dass Bella der Kiefer wehtat.

„Ich kann das bis Mittwoch erledigen. Im Moment habe ich nichts in der Lackierkammer, und die paar Traktoren sind nicht so eilig, da kann ich Sie vorziehen."

„Oh, das will ich nicht", protestierte Bella. So sehr sie auch wollte, dass er ihr Auto reparierte, sie wollte nicht, dass andere deswegen warten mussten.

Er winkte ab. „Kein Problem. Harv Sims hat sich einen Traktor von seinem Bruder geborgt, und der braucht ihn erst in zwei Wochen zurück. Und Lew Brewster benutzt den von seinem Nachbarn. Ist also kein Problem. Machen Sie sich deswegen mal keine Sorgen. Hier macht es uns nichts aus, einander im Notfall auszuhelfen. Und ganz besonders nicht, wenn es sich dabei um Carsons Freundin handelt. Ich wusste nicht, dass du wieder angefangen hast zu daten, Carson. Willst du es noch geheim halten?"

Carson schüttelte den Kopf. „Da gibt es nichts geheim zu halten. Bella hilft mir bei einem Projekt für April, sonst ist da nichts."

Bella nickte. „Nein, da läuft nichts. Rein

geschäftlich."

Er musterte beide. „Das ist schade. Carson ist ein guter Mann. Und April ist ein Diamant, der auf die Erde gekommen ist, um zu strahlen. Sie sollten darüber nachdenken, Miss. Ich nehme dann mal den Wagen mit. Kann nicht den ganzen Tag vertrödeln."

Bella holte eilig ihre Laptoptasche und ihre anderen Habseligkeiten aus dem Wagen und beobachtete ein wenig erleichtert, wie Bud die Vorderachse ihres Autos mit dem altmodischen Schlepper anhob und dann winkend davon fuhr.

Bud war ein interessanter Charakter, doch er schien gerne zu spekulieren.

Sie hatte schon befürchtet, dass er sie und Carson noch zum Altar schleppen würde, wenn er noch viel länger geblieben wäre.

Sie konnte nur hoffen, dass er nicht auf die Idee kam, im Ort seine Meinung kundzutun., denn wenn irgendjemand glaubte, dass sie je wieder eine Braut sein würde, dann täuschte er sich gewaltig.

KAPITEL DREI

Sie fuhren in den Ort, und er wartete in seinem Truck, während Bella in die Werkstatt ging und die Formulare ausfüllte. Nach Buds Bemerkungen hatte er sich unbehaglich gefühlt, doch er wusste, dass er nichts tun konnte, um das Gerede in dem kleinen Ort zu verhindern. Die Leute spekulierten nun einmal gerne, und Bud hatte es nicht böse gemeint. Wie viele andere im Ort hoffte er, dass Carson wieder heiraten und ein Happy End finden würde. Er rieb sich die Schläfen, die beim bloßen Gedanken daran zu pochen begannen.

Sein Magen knurrte, als Bella aus dem Gebäude kam.

Sie strich ihre dunklen Haare hinter ihre Ohren und lächelte, als sie einstieg. „Fertig."

„Gut. Wie wäre es mit Mittagessen? Wir können uns über das Projekt unterhalten, bevor wir April abholen und zurück zum Haus fahren."

„Das wäre schön. Ich freue mich darauf, April kennenzulernen. Und ich kann Ihnen gar nicht genug sagen, wie gut ich finde, was Sie vorhaben. Führen Sie die Ranch allein?"

„Weitgehend. Ich habe mein Vieh, das mich beschäftigt, und ich trainiere Quarterhorses für Kunden. Abgesehen von einem Teilzeit-Arbeiter, der mir beim Füttern hilft oder wenn das Vieh Impfungen braucht oder gebrandmarkt werden muss, komme ich alleine klar. Zumindest bis ich mich entschließe, das Geschäft auszubauen, doch nachdem ich April allein großziehe, geht das im Moment nicht. Vielleicht, wenn sie älter ist." Er parkte den Truck. „Ist ein Burgerladen okay? Oder muss ich Ihnen einen Salat suchen?"

Sie lachte darüber, und er lächelte, denn er war

sich nicht sicher.

„Ich liebe Burger. Salat esse ich auch, aber ich mag gerne ein bisschen Abwechslung." Sie strahlte, und bevor er überhaupt daran denken konnte, auszusteigen und ihr die Tür aufzuhalten, stieg sie aus und ging zur Tür.

Mit frischen Burgern, Fritten und Cola auf dem Tablett, ließen Sie sich in einer Sitznische in der hinteren Ecke des Diners nieder.

„Erzählen Sie mir, was Sie mögen", begann sie überraschend.

„Was meinen Sie?"

Sie nahm eine Fritte und tauchte sie in Ketchup. „Meine Aufgabe ist es, Ihr Haus zu dekorieren, da muss ich wissen, was Sie interessiert. Wenn Sie sich zum Beispiel nicht für Fische interessieren, dann will ich kein Gemälde von einer Forelle aufhängen. Das meine ich damit. Es ist offensichtlich, dass Sie den Wild-West-Lifestyle mögen. Möchten Sie, dass ich das Haus in diese Richtung dekoriere?" Sie schob sich die Fritte in den Mund und kaute langsam, während sie auf eine Antwort wartete.

„Sie brauchen wohl irgendeinen Anhaltspunkt, daran hatte ich gar nicht gedacht."

„Das ist bei Männern ziemlich normal."

Da war wieder dieses Lächeln, das er ganz automatisch erwiderte. Er kannte sie seit weniger als zwei Stunden, fand sie jedoch überaus attraktiv. Zu anziehend, und das machte ihm Sorgen. Dennoch genoss er ihre Gesellschaft. Er redete sich ein, dass es keinen Grund gab, wegen seiner fehlgeschlagenen Ehe alle Frauen über denselben Kamm zu scheren. Manche Dinge waren einfach nicht für die Ewigkeit gemacht. Und manche Dinge sollte man nicht wiederholen.

Das bedeutete jedoch nicht, dass er nicht die Gegenwart einer schönen Frau genießen konnte, zu der er sich hingezogen fühlte. Er musste ja nicht gleich etwas mit ihr anfangen. Das war sowieso nie sein Stil gewesen.

Doch das Lächeln bewirkte etwas in ihm, das er nicht gewohnt war.

„Dann glauben Sie, dass alle Männer unaufmerksam sind?"

Sie lachte, ein fröhlicher Klang, der noch mehr

Unruhe in seiner Brust auslöste.

„Nein, ich meinte, dass die meisten Männer nicht über die Dekoration des Hauses nachdenken. Die meisten Männer haben andere Prioritäten. Sie zum Beispiel konzentrieren sich darauf, für ihre Tochter zu sorgen und arbeiten draußen, um das zu tun. Sie sind nicht allein. Und nachdem ich mich auf das Dekorieren konzentrieren werde, ist das okay für mich."

„Für mich auch." Er beobachtete, wie sie vorsichtig in ihren Hamburger biss.

Ein paar Minuten später sagte er: „Mir gefällt die Idee, das Haus im Wild-West-Stil zu dekorieren, wenn es sich dann wie ein Zuhause anfühlt. Ich habe keine Ahnung davon, darum muss ich Ihnen da voll und ganz vertrauen."

„Das können Sie auch. Ich verspreche, dass Ihnen gefallen wird, was wir tun. In einem Monat wird ihr Haus ein Zuhause sein, und April wird es lieben. Ich denke, dass ich Aprils Wünsche hauptsächlich in ihrem Zimmer umsetzen werde, da Märchenschlösser in Ihrem Wohnzimmer vielleicht ein bisschen deplaziert wirken würden."

„Dafür wäre ich Ihnen dankbar."

Die nächsten Minuten verbrachten sie mit essen, und sie fragte nach Farben und anderen Dingen, an die er nie auch nur ansatzweise gedacht hatte, und notierte die Antworten auf einem kleinen Notizblock, den sie aus ihrer Handtasche geholt hatte. Sie stellte auch Fragen über April – was ihre Lieblingsfilme waren, was sie gerne las, und so weiter. Und je mehr sie redete, desto mehr wurde ihm bewusst, dass er sich bei Cooper bedanken musste. Sie anzuheuern war eine gute Entscheidung gewesen.

„Ich muss eines fragen. Ich weiß, dass das Ihr Job ist, aber ich kann sehen, wie sehr sie ihn lieben. Ich bin mir sicher, dass Sie ziemlich gut sind in dem, was Sie tun. Aber ich sehe keinen Ring an Ihrem Finger. Wie kommt es, dass jemand wie Sie nicht verheiratet ist?" Sobald er die Frage ausgesprochen hatte, wusste er, dass er sie nicht hätte stellen sollen. Ihre Beziehung war geschäftlicher Natur, nicht persönlich – und das war eine sehr persönliche Frage gewesen. Sie hatte ihm so viele Fragen gestellt, dass er neugierig geworden war. Zu neugierig.

Sie holte tief Luft und starrte ihr Ketchup an, als überlegte sie, was sie antworten oder ob sie überhaupt antworten sollte.

Ihre hübschen grünen Augen schienen einen Hauch dunkler zu sein, als sie aufblickte. „Ich bevorzuge es, nicht über mein Privatleben zu reden, doch lassen Sie es mich so sagen – was Männer und Ehe angeht, scheine ich kein Glück zu haben. Aber mehr will ich nicht über mich reden. Hier geht es um Sie, nicht um mich."

Er sah sie aufmerksam an und kämpfte gegen den Drang an, weitere Fragen zu stellen. Doch sie hatte gerade mehr als deutlich erklärt, dass sie nicht über sich reden wollte. „Okay, keine Fragen mehr. Aber mir scheint–"

„Mir wäre es wirklich lieber, wenn wir uns nicht über mein Liebesleben unterhalten würden. Meine Geschäftsphilosophie ist es, nicht persönlich zu werden. Ein wenig ist schon nötig, um Ihren Geschmack kennenzulernen und Ihnen dieses heimelige Gefühl geben zu können, doch ich selbst bin tabu."

Autsch. Sie hatte ernst gemeint, was in ihrer Anzeige stand. Hier ging es um ihn, nicht um sie. Doch so sehr er sich auch bemühte, während er sie über den Tisch hinweg ansah, er konnte nicht umhin, sich zu fragen, warum sie so war. Doch anstatt nachzubohren, nickte er. Sie hatte Recht, auf den professionellen Umgang zu bestehen. Das war schließlich, was beide wollen. „Bitte entschuldigen Sie, die Frage war unangebracht. Sie haben Recht. Wenn Sie fertig sind, können wir April abholen, und dann fahre ich Sie zurück nach Fort Worth. Ich weiß ja, dass Sie noch einen Mietwagen brauchen. Wenn Sie wollen, kann ich Sie direkt zur Autovermietung bringen."

„Meine Nachbarin kann mich später zur Autovermietung bringen."

„Es macht mir nichts aus."

„Nein, wirklich, dass Sie mich zurückbringen ist schon genug. Jetzt lassen Sie uns April abholen. Ich würde gerne mit ihr zurück zu Ihrem Haus fahren und ein bisschen Zeit mit ihr in ihrem Zimmer und im Haus verbringen. Wenn ich zu mir nach Hause komme, kann ich so schon anfangen, Ideen zu skizzieren."

„Gerne." Er folgte ihr nach draußen und hatte plötzlich den brennenden Wunsch herauszufinden, was Bella zugestoßen war.

Bellas Mund war trocken, als sie durch Bride zum Haus des Babysitters fuhren, um April abzuholen. Durch das Fenster betrachtete sie den idyllischen Ort und versuchte zu ergründen, warum Carsons einfache Frage sie so aus der Bahn geworfen hatte. Sie würde keine weiteren Fragen tolerieren. Das war der Deal, und doch kam es ihr fast unhöflich vor, darauf zu bestehen. So hatte sie sich noch nie gefühlt. Sie hatte ein paar Kunden gehabt, die der Meinung gewesen waren, dass nach Abschluss des Projekts ein Übergang von einer geschäftlichen zu einer privaten Beziehung zur Debatte stand. Sie hatte diesen Irrtum ganz schnell richtiggestellt. Sie war nicht auf der Suche nach einem Date und schon gar nicht mit einem Kunden.

Doch jetzt spürte sie eine Anspannung im Wagen, die ihr nicht gefiel. *Und wenn schon. Er hätte nicht fragen sollen.*

Selbstverständlich hätte er nicht fragen sollen, doch Neugier war nur natürlich. Schließlich hatten sie über sein Privatleben gesprochen. *Nein, seinen privaten Lebensstil,* korrigierte sie sich. Das war etwas anderes. Sie hatte ihn nicht gefragt, was mit seiner Frau war. Oder warum er Single war, auch wenn sie sich nicht vorstellen konnte, dass es viele Frauen gab, die dieser Lebensstil anzog. War seine Frau gestorben oder hatte sie ihn verlassen? Oder war er derjenige gewesen, der die Ehe beendet hatte? Diese Fragen hatte sie nicht gestellt.

Der Punkt war der, dass sie Fragen hatte, die sie nicht stellte. Sie waren persönlicher Natur. Sie beschränkte sich auf Fragen zu seinem Lebensstil, was er mochte und was er nicht mochte, und das war alles.

Doch sie war neugierig. Leugnen konnte sie das nicht.

Sie fuhren durch den Ortskern, wo ihr ein Brunnen mit der Statue einer Frau ins Auge stach. Da sie das Bedürfnis hatte, das unbehagliche Schweigen zu brechen, und weil es sie interessierte, fragte sie: „Wer ist das?"

Er blieb an einem Stoppschild stehen. „Das ist Ellora Shepherd, die „Braut", die diesen Ort gegründet hat. Sie war das, was man heute als Katalogbraut bezeichnen würde, und ihr Verlobter hat sie sitzen lassen. Dieser Ort ist von einer sitzengelassenen Braut gegründet worden, daher der Name Bride. Die Gemeinde hat sich entschlossen, ihr ein Denkmal zu setzen und sie genau in dem Moment darzustellen, in dem sie verlassen wurde. Für immer festgehalten in jenem Moment. Sieht sie nicht aus, als wäre ihr Leben am Ende?"

Der Sarkasmus in seinen Worten war nicht zu überhören. Als sie die Statue ansah, empfand sie Mitleid für sie. Sie wusste nur zu gut, wie es sich anfühlte, sitzengelassen zu werden.

„Hört sich nicht so an, als würden Sie die Statue mögen."

Er blickte an ihr vorbei in Richtung der Statue von Ellora Shepherd. „Sie tut mir leid. Doch es gibt Leute, die komisches Zeug mit der Statue anstellen. Sie tanzen im Mondlicht drum herum in der Hoffnung, dass die wahre Liebe sie findet." Seine Miene wirkte noch zynischer als seine Stimme klang. „Ja, als ob ihnen das was bringen würde. Einfach nur lächerlich." Er fuhr über die Kreuzung. „Aber wer bin ich schon, mir ein Urteil zu bilden. Mein konventioneller Versuch einer Beziehung ist gehörig in die Hose gegangen, wenn jemand es auf unkonventionelle Weise versuchen will, bitte sehr."

„Wohl wahr, aber ich muss sagen, dass ich um die Statue tanzen schon ein bisschen schräg finde. Ich verstehe nicht, warum jemand so was tun würde."

„Ich auch nicht. Alles, was ich sagen kann, ist, dass manche Leute bereit sind, im Namen der Liebe seltsame Dinge zu tun."

Sie seufzte. „Oder um der Liebe zu entkommen."

Sie erreichten die Ortsgrenze und auf der Landstraße beschleunigte er ein wenig. „Ich würde ja fragen, was Sie damit meinen, doch Sie würden mir wahrscheinlich sagen, dass es mich nichts angeht."

Er warf ihr ein Lächeln zu, das halb neckend und wahrscheinlich halb ernst gemeint war.

„Das würde ich wahrscheinlich tun. – Tut mir leid, das hätte ich nicht sagen sollen." *Warum hatte sie es dann gesagt?* Normalerweise plauderte sie nichts über sich selbst aus. Und das ausgerechnet, nachdem sie ihn dafür gescholten hatte, dass er ihr eine persönliche Frage gestellt hatte.

„Schon okay. Sind nur noch ein paar Meilen bis zu Mrs. Lewis' Haus. Wenn ich sowieso im Ort bin, dann ist das der kürzere Weg zu ihr, doch wenn ich auf der Ranch bin, komme ich aus der anderen Richtung schneller hin. Wir hätten nie über die Braut gesprochen, wenn wir nicht durch den Ort gefahren wären, tun sie also, als hätte dieses Gespräch nie stattgefunden."

Er war wirklich gereizt. „Ich bin mir nicht sicher, ob das hier funktionieren wird", schoss sie zurück, denn plötzlich fühlte sie sich überaus unbehaglich. *Was passierte da zwischen ihnen, dass beide so nervös und gereizt waren?*

Die nächste Meile schwieg er. Sie starrte geradeaus. Sie konnte es nicht erwarten, aus diesem Truck herauszukommen.

Dann bremste er ab. „Ich muss mich entschuldigen. Ich weiß nicht, was mit mir los ist. Ich will Sie nicht vergraulen. Ich habe Sie engagiert, damit Sie das für meine Tochter machen, und ich will nicht, dass Sie glauben, dass ich immer so gereizt bin. Oder neugierig. Das bin ich nicht. Von jetzt an werde ich mich an die Regeln halten und es auf rein geschäftlicher Ebene halten, falls Sie bleiben. Für April."

„Natürlich. Vielleicht sind wir beide mit dem falschen Fuß aufgestanden. Ich bin nicht so dünnhäutig, dass ich mich schnell vergraulen lasse. Und ich will dieses Projekt." *Mehr als sie in Worte fassen konnte.* Selbst mit den seltsamen Schwingungen zwischen ihnen.

„Da bin ich froh." Er lächelte angespannt und bog in die Auffahrt eines weißen Hauses mit dunkelgrauen Fensterläden ein. Eine ältere Dame und ein kleines Mädchen saßen auf einer Hollywoodschaukel auf der Veranda. Sobald sie den Truck sah, sprang das rothaarige Mädchen von der Schaukel, rannte zur Brüstung der Veranda und begann zu winken.

Bellas Herz pochte, und ihr Herz schmolz. „Gott, ist die süß", sagte sie sanft und sah Carson an.

Lachfältchen tanzten um seine Augen. „Sie ist die Sonne in meinem Leben. Vor ihr habe ich das nicht gekannt. Bereit, Hallo zu sagen?"

„Ja." *Mehr, als sie es in Worte fassen konnte.* Das schien sie heute oft zu denken, doch sie konnte nicht anders. Sie hatte sich mit ihrer Vergangenheit abgefunden. Damit, was sie in ihrem Leben haben oder erreichen könnte oder nicht. Und tragischerweise war ein eigenes Kind ganz oben auf der Liste der Dinge, die sie nicht haben konnte.

Auch wenn viele Faktoren zu diesem Schluss geführt hatten, liebte sie es immer noch, die Kinder in ihrer Familie oder ihrem Freundeskreis zu verwöhnen. Und sie freute sich darauf, das auch für April zu tun.

KAPITEL VIER

„Daddy! Ich habe den ganzen Tag auf dich gewartet."

Nichts, absolut gar nichts hatte auch nur annähernd dieselbe Wirkung auf ihn wie dieses kleine Mädchen. Carson ging auf die Knie, als April von der Veranda gestürmt kam und in seine Arme sprang. *Guter Gott, wie sehr er sie liebte.* Er hielt sie einen Moment lang fest und küsste sie auf den Kopf, dann drehte er sie ein wenig, damit sie auf seinem Knie sitzen konnte. „Ich hab dich auch vermisst, Zimtstern. Aber ich habe jemanden mitgebracht, der dich kennenlernen möchte. Die hübsche Lady hier ist Miss Bella."

Er blickte zu Bella auf. Das „hübsch" war ihm herausgerutscht, und er hoffte, dass er ihr damit nicht zu nahe getreten war, nachdem sie offensichtlich sensibel war, was diese Dinge anging.

Bella lächelte April an. Sie schien gar nicht mitbekommen zu haben, was er gesagt hatte. „Hi, April, freut mich, dich kennenzulernen."

Er beobachtete April, die Bella eingehend musterte.

„Ich mag dein Haar. Es ist so glatt und schön."

„Und ich mag deine Locken. Die sind sehr hübsch."

April schnitt eine Grimasse. „Mein Daddy sagt das auch. Er sagt es sieht aus wie Zimt."

„Das tut es. Ich liebe Zimt."

„Bella ist hier, weil ich sie beauftragt habe, uns einen großen Gefallen zu tun. Du weißt ja, dass du bald Geburtstag hast."

April strahlte Bella an. „Bald werde ich *fünf*!"

„Wow, das ist toll!" Bella lachte herzlich, und

April strahlte noch mehr.

„Bella wird dein Zimmer dekorieren und das Haus und alles schön machen. Was sagst du dazu?"

April sprang von seinem Knie auf und hüpfte auf und ab. „Ich bin so aufgeregt! Kann ich ein Schloss bekommen?"

„Sie haben sie gerade sehr glücklich gemacht." Mrs. Lewis war ein paar Schritte vor ihnen stehen geblieben, als hätte sie sie nicht stören wollen. Sie lächelte mit ihm und Bella, während sie Aprils Reaktion beobachteten.

„Danke Daddy!" April schlang ihre Arme um seinen Hals. Er hatte gewusst, dass ihr die Idee gefallen würde, doch ihre Reaktion übertraf seine Erwartung bei Weitem.

„Gern geschehen. Es wird richtig schön werden. Mrs. Lewis, das ist Bella Reese. Sie ist Innenarchitektin aus Fort Worth."

„Ich habe gerade von Ihnen gehört. Schön, Sie kennenzulernen. Ich finde das ganz wunderbar."

„Freut mich auch, Sie kennenzulernen. Ich freue mich wirklich, das für April tun zu können. Ich habe ein paar Fragen an dich, April, damit ich weiß, was dir gefällt. Und vielleicht können wir bald mal zusammen einkaufen gehen, damit du ein paar Sachen aussuchen kannst."

April nickte. „Okay. Kann Daddy auch mitkommen?"

„Natürlich kann er das."

„Oh schön."

Er lachte und ertappte sich dabei, dass er sich auf das Einkaufen mit April und Bella freute.

Und das bedeutete wahrscheinlich, dass er eine Grippe bekam oder so was in der Art. Er und Einkaufen … normalerweise war das fast genauso schlimm wie ein Opernabend.

„Das klingt ja immer besser." Mrs. Lewis rieb sich die Hände, als müsste sie sich beherrschen, nicht in die Hände zu klatschen. Stattdessen presste sie sie aufs Herz. „Das könnt ihr alles zusammen tun. Das wird ein Spaß! Bleiben Sie auf Carsons Ranch, während sie dekorieren?" Sie lächelte Bella erwartungsvoll an, und Carson verschluckte sich fast.

Bella machte große Augen. „Nein, ähm, ich

komme nur zur Arbeit her." Sie sah ihn an.

April begann, aufgeregt auf und ab zu hüpfen. „Aber wir haben genug Platz. Du kannst bei uns bleiben. Das wird ein Spaß!"

„Honey, es gibt keinen Grund, warum Bella hier übernachten müsste." Er warf der Babysitterin einen entgeisterten Blick zu. *Was hatte Sie sich nur dabei gedacht?*

Sie zuckte zusammen, als ihr plötzlich bewusst wurde, was sie gesagt hatte. „Oh", keuchte sie. „Ich habe mir nichts dabei gedacht. Tut mir leid."

„Schon okay, das weiß ich", sagte er und bemühte sich, nicht zu frustriert zu klingen. „Zeit zu gehen. Bedank dich bei Mrs. Lewis und drück sie ganz lieb, April."

April sah aus, als wollte sie noch etwas sagen, doch stattdessen schlang sie die Arme um Mrs. Lewis und umarmte sie. Seine Tochter war bekannt für ihre Umarmungen.

Während sie April an sich drückte, formte sie mit den Lippen ein wortloses „Tut mir leid", als sie zu ihm und Bella aufblickte.

„Schon okay", sagte Bella leise und er nickte. *Was hätte er auch sonst tun sollen?*

Sie verabschiedeten sich kurz, stiegen in den Truck und fuhren in Richtung Ranch.

„Fängst du heute mit meinem Zimmer an?"

Er entspannte sich ein wenig, als er aus der Auffahrt fuhr. Bella drehte sich ein bisschen in ihrem Sitz um, um April sehen zu können.

„Ich dachte mir, wir fahren erst einmal nach Hause, und du kannst mir zeigen, was du am liebsten magst. Und dann können wir uns darüber unterhalten, wie du dein Zimmer gerne hättest. Wäre das okay?"

„Oh ja, das wird lustig!", zwitscherte April.

Er blickte in den Rückspiegel und sah, wie aufgeregt sie angesichts der Idee war. Es traf ihn tief in die Magengrube und mitten ins Herz.

„Das denke ich auch", kicherte Bella. „Dein Daddy hatte da eine gute Idee, findest du nicht?"

„Er ist der beste Daddy auf der ganzen Welt, und ich hab ihn ganz arg lieb."

Er schmunzelte, als die süße Stimme die Worte aussprach, die ihn immer mitten ins Herz trafen. „Ich hab dich auch lieb, Süße. Es ist dringend nötig, und Miss Bella wird es ganz toll machen."

„Das weiß ich. Ich mag dich, Miss Bella."

„Ich dich auch", lächelte Bella.

Er hörte echte Zuneigung in ihren Worten. Das gefiel ihm. Er konnte sich jetzt schon gut vorstellen, dass Bella und April gute Freundinnen werden würden.

Später, als sie in Richtung Fort Worth fuhren, unterhielt sich Bella mit Carson und April, um ein besseres Gefühl für die beiden zu entwickeln. Sie waren niedlich. Es war klar, dass er sein kleines Mädchen auf Händen trug und sie himmelte ihn an. Bella genoss ihre Zeit mit ihnen, und es machte ihr nicht einmal etwas aus, dass sie sich einen Mietwagen nehmen musste. Die zweistündige Fahrt nach Hause gab ihr Gelegenheit, mehr Zeit mit ihnen zu verbringen.

Eine halbe Stunde vor Fort Worth begann April zu protestieren. „Ich habe Hunger, Daddy."

Er warf einen Blick auf die Uhr im

Armaturenbrett. „Es ist fast sechs. Ist es okay, wenn wir anhalten, um was zu essen, oder müssen Sie nach Hause?"

„Bitte iss mit uns", quietschte April.

„Gerne. Aber nur, wenn ich nicht störe."

„Überhaupt nicht. Wir würden uns freuen." Er nahm die nächste Abfahrt. Auf dem Gelände der Raststätte befanden sich ein Pizzaladen und ein paar andere Restaurants. April sah das Schild sofort.

„Pizza, Daddy!"

„Ist Pizza okay?"

„Perfekt." Bella schmunzelte, als April aufgeregt in ihrem Kindersitz herumzappelte.

Wenig später betraten sie das Restaurant. Er hielt die Tür auf, und Bella folgte April hinein. Als sie an ihm vorbei ging, nahm sie ihn ganz bewusst wahr – sein dezentes Aftershave, die Nähe und sein Lächeln, als sie ihn ansah. Schmetterlinge stoben auf.

Das Restaurant war gut besucht, doch sie fanden einen Platz in der Nähe einer kleinen Spielecke. April fragte natürlich sofort, ob sie spielen gehen durfte, und er nickte.

Sie beobachtete, wie April zu dem bunten Kletterirrgarten rannte und darin verschwand. Einen Moment später winkte sie ihnen von einem Fenster auf der nächsten Ebene zu.

„Sie könnte den ganzen Tag darin spielen."

„Ich glaube, das ist bei den meisten Kindern so."

„Haben Sie aus dem Gespräch mit ihr ein paar Ideen bekommen? Ihr beiden habt euch ja eine ganze Weile in ihrem Zimmer unterhalten."

Bella lachte. „Sie hat ohne Punkt und Komma geredet, und ich bin kaum mitgekommen. Ja, ich habe ein paar Ideen. Aber du meine Güte! Sie ist so eine süße Mischung aus Prinzessin und Cowgirl. Sie hat ihr Prinzessinnenkostüm angezogen und dann hat sie mir ihre winzigen Sporen gezeigt. Und als sie auf ihrem Steckenpferd den Flur runter geritten ist, haben Sie sie ja gesehen."

Er lachte. „Ja. Wenn sie erwachsen ist, will sie Rodeos reiten und in einem Schloss leben."

„Das hat sie mir auch erzählt. Was für eine Kombination!"

„Und Sie dürfen sich jetzt überlegen, wie sie

beides in ihrem Zimmer unter einen Hut bringen. Jetzt verstehen Sie vielleicht, warum ich keine Ahnung hatte, was ich tun soll."

Sie lächelte, seine väterliche Ratlosigkeit wärmte ihr Herz. „Das kriegen wir schon hin."

„Sie ganz sicher besser als ich. Und wie geht es jetzt weiter?"

Einen Moment lang dachte sie darüber nach, wie eine Beziehung mit ihm sein könnte, rang den Gedanken jedoch schnell vehement nieder. „Ich fange morgen damit an, Ideen zu skizzieren, und in ein paar Tagen komme ich wieder raus und zeige sie Ihnen auf einem Moodboard. Dann sehen wir weiter."

„Okay. Und bis dahin sollte Bud auch schon mit ihrem Auto angefangen haben. Ich kann morgen gerne mal nach dem Rechten sehen."

Sie hätte beinahe gesagt, dass ihn das nichts anging, doch sie biss sich auf die Zunge. Sie hatte wirklich schon viel zu viel darauf herumgeritten und wollte nichts sagen, was erneut zu Spannungen führen konnte – besonders jetzt nicht, wo April dabei war. Davon abgesehen war sie vielleicht ein bisschen zu empfindlich gewesen.

„Danke. Aber nur, wenn es Ihnen keine Mühe macht."

„Überhaupt nicht. Ich muss morgen sowieso Futter holen, dann kann ich bei ihm vorbeischauen, bevor ich rüber nach Ransom Creek fahre."

„Ransom Creek?"

„Da kaufe ich mein Futter. Da gibt es einen Händler, der nach Wunsch mischt. Und meine Cousins, die Presleys, haben eine Ranch dort. Ist etwa vierzig Minuten von Bride entfernt. Mein Cousin Cooper Presley ist derjenige, der mir Ihre Anzeige gezeigt und mir geraten hat, Sie anzurufen."

„Oh, dann danken Sie ihm bitte in meinem Namen, wenn Sie ihn sehen."

„Werde ich machen. Sie bereiten sich gerade auf eine Viehauktion auf ihrer Farm vor. Sie züchten erstklassige Brangus-Rinder. Ich muss vor dem Wochenende mit April rüber fahren, damit sie die neuen Mustangs sehen kann, die sie gerade reinbekommen haben."

„Mustangs? Wildpferde?"

„Ja, sie versuchen, so viele wie möglich zu adoptieren und zu trainieren, um sie vor der Schlachtbank zu retten. Das passiert dieser Tage leider viel zu oft."

„Das ist ja furchtbar."

„Und wie. Ein ganz heißes Eisen. Ich hoffe, dass ich irgendwann genug Land habe, damit ich auch helfen kann. Im Moment ist es einfach nicht drin. Doch es ist ein Punkt auf meiner To-do-Liste für die Zukunft."

Und ein weiterer Grund, ihn zu mögen.

Nachdem sie sie zu Hause abgesetzt hatten, dachte sie immer noch daran. Sie stand auf der kleinen Terrasse ihrer Wohnung und blickte ihnen nach, bis sie um die Ecke verschwanden. April winkte ihr vom Rücksitz aus zu.

Ihr wurde schwer ums Herz, als das strahlende Gesicht des kleinen Mädchens verschwand. Es war ein guter Tag gewesen, selbst wenn es ein paar angespannte Momente gegeben hatte – Momente, die sie selbst jetzt noch nicht richtig verstand. Sowohl er als auch sie waren bisweilen überempfindlich gewesen.

Viel mehr, als sie es je zuvor gewesen war. Sonst hatte sie immer die Regeln diktiert und darauf bestanden, ohne sich aus dem Konzept bringen zu lassen. Sie konnte das Projekt jederzeit abbrechen, wenn der Auftraggeber sich unangemessen verhielt oder zu persönlich wurde. Doch Carson hatte nur ein paar simple Fragen gestellt, und sie wäre ihm fast an die Gurgel gesprungen. Sie hatte viel zu empfindlich reagiert.

Aber warum?

Weil ich ihn zu sehr mag.

So einfach war die Wahrheit. Ein Grund mehr, nicht unachtsam zu werden.

Doch diesen Deal konnte sie sich nicht entgehen lassen – und wollte es auch nicht.

Es war ihr Traumprojekt. Das erste von vielen. Doch allein der Gedanke, dass sie ihren Kunden mochte, beunruhigte sie auf so vielen Ebenen.

Wie lange war es her, seit sie sich das letzte Mal so zu einem Mann hingezogen gefühlt hatte? Nicht seit ihrem Verlobungs-Fiasko. Beim ersten Mal, als ihr Verlobter sie am Altar hatte sitzen lassen, hatte sie sich schnell wieder gefangen, weil ihr bewusst geworden war, dass sie überhaupt aus den falschen Gründen an den Altar getreten war. Doch das zweite Mal hatte sie tief getroffen. *Zweimal hintereinander.* Das bedeutete, dass sie vielleicht das Problem war. Nicht die Männer. *Was stimmte nicht mit ihr?* Egal, was es war, sie würde nicht zulassen, dass ein dritter Mann ihre Befürchtungen bestätigte.

KAPITEL FÜNF

Am Tag, nachdem er Bella nach Hause gebracht hatte, lud er eine glücklich vor sich hin plappernde April in seinen Truck und fuhr nach Ransom Creek. Er musste eine Ladung Futter abholen, und seine Cousins und sein Onkel freuten sich immer, das kleine Mädchen zu sehen. Unter den Presleys gab es nur eine Frau. Lana, seine Cousine und die Schwester von Cooper und den anderen war umgeben von einer Horde von Männern zu einer schönen Frau herangewachsen. Jetzt war sie mit Cam Sinclair verheiratet und lebte weiter im Norden auf ihrer gemeinsamen Ranch.

Eine dreiviertel Stunde, nachdem sie losgefahren waren, bog er auf die Ranch ein – und April plapperte immer noch über Bella und ihr Zimmer.

„Es wird ganz großartig werden, Daddy. Das weiß ich jetzt schon."

Er war erstaunt, wie erwachsen sie plötzlich klang. „Ja das wird es", sagte er mindestens zum fünfzehnten Mal. An diesem Morgen plapperte sie ununterbrochen, und er war sich sicher, dass es seinen Cousins bald zu viel werden würde.

Cooper und Drake waren vor dem Stall, als er neben ihren Trucks anhielt.

„Onkel Coop und Onkel Drake wird das mit meinem Zimmer gefallen. Kennen sie Bella?"

„Sie kennen sie nicht, doch ich bin mir sicher, dass sie alles über dein Zimmer hören wollen." Er schmunzelte, als er an den Redeschwall dachte, der sie erwartete.

„Na hallo, wen haben wir denn da? Mein kleiner Lieblingsmensch." Cooper ging in die Hocke, um mit April auf Augenhöhe zu sein. Sie kicherte und fiel ihm sofort um den Hals.

„Hey, brauch' nicht alle Umarmungen für ihn auf."
Drake bückte sich und streckte seine Arme aus.

„Ach was. Ich habe noch genug für dich übrig."
April sprang in Drakes Arme. „Ich bekomme ein neues
Zimmer. Miss Bella hilft mir, das schönste, beste
Zimmer der Welt zu dekorieren. Ihr könnt kommen
und es euch ansehen, wenn sie fertig ist. Ihr kommt
doch, oder?" Sie blickte erwartungsvoll zwischen
Drake und Cooper hin und her.

*Zumindest hatte sie sie umarmt, bevor sie sie mit
ihrer Einladung überfallen hatte.* Beide seiner Cousins
sahen ihn mit großen Augen an.

„Also wirklich?", sagte Cooper gedehnt. „Du hast
sie tatsächlich angerufen?"

„Wen? Und wer ist Miss Bella?"

April legte ihre Hände auf Drakes Wangen und
drehte sein Gesicht zu sich um. „Sie ist die Frau, die
mein Zimmer schön macht. Sie war gestern da. Wir
haben sie nach Hause gebracht und auf dem Weg Pizza
gegessen. Sie ist schön. Und ich mag sie sehr."

Drake schmunzelte und küsste April auf die Stirn.

„Ah, jetzt verstehe ich. Sie klingt großartig."

„Oh, das ist sie. Nicht wahr, Daddy?"

„Ja, erzähl uns, wie großartig sie ist", sagte Cooper und Drake nickte zustimmend.

Er räusperte sich. „Sie ist Innenarchitektin. Cooper ist über ihre Anzeige gestolpert und hat sie mir gegeben", sagte er zu Drake, überrascht, dass Cooper seinem Bruder nichts davon erzählt hatte.

„Oh, *diese* Anzeige. Cooper hat letzte Woche was davon erwähnt. Ich hatte den Bullenverkauf im Kopf und es schon wieder vergessen. Dann hat das also geklappt. Freut mich."

„Ja, mich auch." Cooper warf Carson ein verschmitztes Grinsen zu. „Ich nehme mal an, dass sie eine Weile hier sein wird, bis sie dein Haus auf Vordermann gebracht hat."

„Denke ich auch. Sie hat jede Menge Fragen darüber gestellt, was uns gefällt – sie muss ja schließlich ein Gefühl dafür bekommen, was wichtig ist, damit April und ich uns wohl fühlen."

„Ja, sie hat ganz viel wissen wollen, und es hat mir nichts ausgemacht, alles zu beantworten", erklärte

April.

Drake nickte nachdenklich. „Das könnte interessant werden. Wann kommt sie wieder her?"

„Vielleicht morgen. Bin mir nicht ganz sicher."

„Ich hoffe, sie kommt morgen", seufzte April. „Ich will schöne Sachen mit ihr einkaufen gehen."

„Wie wäre es, wenn du heute mit mir reiten gehst, einkaufen kannst du später auch noch", lachte Drake. „Du kannst deinen Daddy Pferdefutter kaufen gehen lassen, während du mir hilfst, nach dem neuen Kälbchen zu sehen. Wie klingt das? Und dann fahren wir raus zu Dad – ähm, ich meine Onkel Marcus", korrigierte er sich und fügte dann hinzu: „Er treibt mit Brice und Shane Mustangs zusammen."

April liebte die Kälbchen und war begeistert von Drakes Vorschlag. Und sie liebte Carsons Onkel Marcus Presley. Cooper entschloss sich, mit Carson in den Ort zu fahren, und platzte fast vor Neugier, als sie die Ranch verließen.

„Wie ist sie so? Die Anzeige hat sich für mich gut angehört, doch sie hat mich auch neugierig gemacht."

Diese Frage hatte kommen müssen. Carson hatte

sie die ganze letzte Nacht nicht aus dem Kopf bekommen. Etwas an ihr hatte ihn gepackt und ließ ihn nicht wieder los.

„Sie ist nett, doch in ihrer Vergangenheit muss irgendwas passiert sein, denn sie ist ziemlich empfindlich, was ihr Privatleben angeht."

„Du meinst wie du?"

„Vielleicht."

„Und woher weißt du das? Ich dachte, das wäre eine rein geschäftliche Sache?", fragte Cooper gedehnt.

Carson musste ihn nicht ansehen, um zu wissen, dass er grinste.

„Es hat sich während unserer Unterhaltung und beim Mittagessen ergeben. Und als ich sie nach Hause gebracht habe."

„Mittagessen? Und warum hast du sie nach Hause gebracht? Nach Fort Worth? Das wird ja immer interessanter."

„Sie ist in den Zaun gefahren, als sie auf die Ranch gekommen ist, und musste ihr Auto abschleppen lassen." Um Zeit und Fragen zu sparen, erzählte er Cooper, was passiert war. Er wusste, dass sein Cousin bohren würde, bis er die ganze Geschichte wusste, darum berichtete er lieber von sich aus.

„Dann war sie abgelenkt und ist gegen einen Pfosten gefahren? Muss ziemlich fasziniert von dir auf einem Pferd gewesen sein, dass sie das Ding umgefahren hat. Klingt vielversprechend. Und es hört sich an, als ob sie und April sich gut verstehen. Das ist wirklich gut."

„Da wird nichts Persönliches draus. Vergiss es." Er fuhr auf den Parkplatz des Futterladens und warf Cooper einen warnenden Blick zu.

Cooper stieg aus und wartete auf dem Gehsteig auf ihn. „Ich will ja nur, dass du dir ein bisschen ansiehst, was so auf dem Markt ist."

„Ich hab dir gesagt, dass ich kein Interesse daran habe. Das machst du schon genug für uns beide. Wann willst du eigentlich endlich eine Familie gründen?"

„Wenn ich mir dein Beispiel so ansehe, dann nie."

Er runzelte die Stirn. „Nur, weil ich keine Lust mehr darauf habe, heißt das noch lange nicht, dass es für dich nicht besser laufen wird."

„Ich nehme mal an, dass du Liebe meinst, wenn du von ‚es' sprichst. Ich hab dir schon ein paar mal gesagt, dass ich noch nicht bereit dafür bin, und das weißt du. Und solange ich mich nicht bereit fühle, habe ich nicht vor, mich in eine Beziehung zu stürzen."

Carson ging schweigend voraus in den Futterladen. Wenn er sich nicht verliebt hätte – oder es nicht für Liebe gehalten hätte – wäre sein Leben wahrscheinlich anders verlaufen. Doch dann hätte er April nicht, und er konnte sich ein Leben ohne seinen Sonnenschein nicht vorstellen. Sie in seinem Leben zu haben, machte all das, was er durchgemacht hatte, leicht wett.

Er hoffte, dass er eines Tages in der Lage sein würde, April zu vermitteln, wie dankbar er war, dass sie sein Kind war. Dass er sie hatte. Und er wollte ihr ein guter Vater sein. Während er auf seine Bestellung wartete, kreisten seine Gedanken. Und der Hauptgedanke war, wie er ein Vorbild sein konnte, wenn Cooper gesagt hatte, dass er das beste Beispiel dafür war, warum man keine Liebe in sein Leben lassen sollte.

Das war nicht, was er für April wollte.

Doch andererseits tat ihm der Mann bereits leid, der ihr jemals auch nur ansatzweise Liebeskummer bereiten würde.

„Klopf, klopf." Lisa Breck steckte ihren Kopf durch die offene Terrassentür und kam herein. Sie teilten sich einen kleinen Garten, und im Frühling ließen sie oft ihre Türen offen. „Wie geht's? Hast du das Moodboard für die Renovierung des Hauses von deinem sexy alleinerziehenden Cowboy angefangen?"

Bella blickte von eben diesem Moodboard auf. „Ja, läuft ganz gut. Aber es wäre nett von dir, wenn du aufhören könntest, ihn so zu nennen."

„Warum denn, es macht Spaß. Besonders, deine Reaktion zu sehen. Du wirst ganz rot und verlegen."

„Unsinn."

„Du bist jetzt schon verlegen, und ich habe ihn kaum erwähnt."

„Ich bin verlegen, weil du ihn als sexy alleinerziehenden Cowboy bezeichnet hast."

Sie sah sie unbeeindruckt an. „Das ist er doch. Du hast gestern Abend selbst gesagt, dass er gut aussieht. Und vergiss nicht, dass ich ihn kurz gesehen habe, als ich von der Arbeit gekommen bin und er gerade wieder losgefahren ist."

Ihre Freundin war hartnäckig und klammerte sich an Ideen fest wie ein Pitbull. Bella versuchte, ihre Neckereien zu ignorieren, doch das war gar nicht so leicht. „Ich habe ja auch nicht geleugnet, dass er attraktiv ist. Das wäre eine Lüge. Doch ich muss mich nicht gleich in ihn verlieben, nur weil er ein sexy Typ ist."

„Siehst du, jetzt hast du ihn selbst sexy genannt. Du gibst es also zu."

Sie stöhnte. Das war ihr nur so herausgerutscht, nachdem Lisa ihn vorher mindestens zehnmal so genannt hatte. „Wenn ich ihn da draußen versehentlich so bezeichne, werde ich dir dafür den Kopf abreißen."

Lisa lachte. „Ich kann viel schneller rennen als du."

Wo sie Recht hatte.… „Ich werde dich erwischen, wenn du es am wenigsten erwartest", warnte sie mit einem Lächeln. Sie waren schon seit der Schule befreundet und waren gemeinsam durch dick und dünn gegangen. Als ihre Welt zusammengebrochen war und Bellas Schwester und ihr Verlobter zusammen durchgebrannt waren … war es Lisa gewesen, die ihr wieder auf die Beine geholfen hatte.

„Du machst mir keine Angst. Oh – das sieht süß aus. Die Kleine wird das Himmelbett lieben. Es sieht aus wie das Bett einer Prinzessin." Sie strich mit dem Finger über den weichen, transparenten Stoff, den sie für den Himmel benutzen wollte, dann ließ sie sich auf den Sessel gegenüber von Bella sinken. „Im Ernst, Bella. Ich weigere mich, die Hoffnung aufzugeben, dass dein verrücktes Geschäftsmodell dich irgendwann zu einem richtig guten Mann führen wird. Und wenn das passiert, musst du all die anderen Penner vergessen. Sie sind es nicht wert, dass du dir den Richtigen verwehrst."

Sie hielt inne und seufzte. „Lisa, fang jetzt bitte nicht schon wieder damit an."

„Ich habe da so ein Gefühl. Und wenn ich so ein Gefühl im Bauch habe, dann ist das normalerweise ein gutes Zeichen."

„Das nennt man Magenverstimmung."

„Quatsch."

„Sie ist meine Schwester, und meiner Mom fällt es schwer zu akzeptieren, dass wir nicht miteinander reden."

„Dann wirst du beim Geburtstag deiner Mom beide umarmen?"

Sie liebte Lisa, doch manchmal ging sie ihr auf die Nerven. „Ashton werde ich ganz sicher nicht umarmen. So weit bin ich noch nicht."

„Wenn du mich fragst, solltest du dir ein Date besorgen, das du mit auf die Geburtstagsparty nehmen kannst. Und du solltest dein Date umarmen und küssen, während die beiden neben dir stehen. Das wird ihnen zeigen, dass du darüber hinweg bist. Und vielleicht hilft es dir ja wirklich dabei."

„Vergiss das mal gleich wieder. Ich will das nicht, und in meiner Anzeige habe ich ganz bewusst darauf bestanden, dass persönliche Beziehungen nicht in Frage kommen. Ich habe nicht vor, Carson oder sonst irgendeinen Kunden zu bitten, als mein Date mit mir zur Geburtstagsparty meiner Mutter zu gehen, um ihn vor meiner Schwester und ihrem Mann – meinem Exverlobten – zu küssen. Erbärmlicher ginge es kaum."

Lisa seufzte und zuckte mit den Schultern. „Ist immer noch besser als heile Welt zu spielen und ihnen auf der Party auf Gedeih und Verderb ausgeliefert zu sein."

„Du bist meine Freundin, und ich liebe dich, aber ich habe das Bedürfnis, dich mit dieser Stecknadel hier zu stechen…"

Sie verzog das Gesicht. „Du bist viel zu empfindlich. Und du kannst nicht einmal einer Fliege was zuleide tun. Das ist ein Teil deines Problems."

„Es geht um meine Mom. Sie kann nichts für das, was meine Schwester getan hat, und ich kann sie nicht bestrafen, indem ich nicht zu ihrer Party komme. Sie versucht nur, den Graben zwischen ihren Töchtern zu überbrücken. Sie will, dass ich Emily vergebe, doch sie versteht nicht, dass Emily mich nicht um Vergebung gebeten hat."

„Schau, ich weiß, dass es auf lange Sicht in

deinem eigenen Interesse ist, ihr zu vergeben. Das verstehe ich. Zu leiden und es schwären zu lassen hilft niemandem weiter. Aber..."

„Können wir das Thema wechseln? Bitte. Ich kann nicht dauernd darüber reden. Ich will Aprils Zimmer schön machen und ein warmes, gemütliches Zuhause für sie und ihren Daddy schaffen. Verstehst du das? Hier geht es gerade nicht um mich oder den Müll aus meiner Vergangenheit, auf den ich keinen Einfluss habe. Ich kreiere etwas Gutes für diese Familie. Und es macht mir Spaß."

Lisa atmete tief durch und sah sie zerknirscht an. „Tut mir leid. Du machst da etwas wirklich Gutes, und ich verstehe das. Ich will nur, dass dir auch Gutes widerfährt. Und manchmal verrenne ich mich dabei ein bisschen."

Bellas Magen entspannte sich ein bisschen. „Ich hab dich auch lieb", sagte sie und beide lächelten.

„Ich dich auch. Und jetzt halte ich meine Klappe, während du mir von deinen Ideen erzählst. Ich finde, es sieht schon toll aus. Ich bin mir sicher, es wird ihnen gefallen."

„Danke, es macht mir auch Spaß."

„Und das hast du wirklich verdient."

„Ich muss ein Plüschpony finden, das zum Zimmer passt, wenn April der Look gefällt. Ein Cowgirl-Prinzessinnen-Thema ist genau das, was ich hier rüberbringen will."

„Es sieht toll aus, und ich bin mir sicher, dass du dein Pony finden wirst."

„Ich auch. Für das Zimmer einkaufen zu gehen wird Spaß machen."

„Shoppen macht immer Spaß", lachte Lisa. „Es sei denn, jemand mag aus unerklärlichen Gründen Shoppen nicht."

„Du magst es viel mehr als ich, doch ich habe mich nie mehr darauf gefreut, mit jemandem shoppen zu gehen, als jetzt mit April."

„Ihr werdet richtig Spaß haben. Okay, gehst du heute Abend zum Yoga? Wenn ja, solltest du dich schnell umziehen."

„Oh, wow, die Zeit fliegt ja nur so… Ja, ich will gehen. Bin gleich wieder da."

Sie ging in ihr Schlafzimmer und zog sich um.

Ihre Gedanken kreisten um all den Müll, den Lisa aufgewühlt hatte, und sie freute sich darauf, abschalten zu können. Sie gab sich große Mühe, über die Sache hinweg zu kommen, und im Augenblick bereitete ihr das, was sie für April und Carson tat, echte Freude.

Und Freude war etwas, das sie verloren hatte. Es fühlte sich so gut an, sie wiedergefunden zu haben.

Sie lächelte sich im Spiegel an, während sie ihre Haare zu einem Pferdeschwanz band. Wenn sie sich nur auf ihr Projekt konzentrierte, war sie heute beinahe glücklich.

Und das fühlte sich besser als gut an. Es war großartig und sie hatte nicht vor, dieses Gefühl wieder loszulassen.

KAPITEL SECHS

Am Donnerstagmorgen fuhr Bella mit ihrem Mietwagen die Auffahrt zu Carsons Haus hinauf. Sie konzentrierte sich darauf, das Auto zu parken, ohne einen Zaun umzufahren. Oder was sich sonst zwischen ihr und dem Parkplatz befand.

Als sie ausstieg, sah sie Carson und ein paar andere Cowboys aus der Scheune kommen. Sofort begann ihr Herz gegen ihre Rippen zu pochen. Sie redete sich ein, dass das nichts mit dem attraktiven Cowboy oder der Art und Weise, wie er in seinem roten Chambrayhemd und den Jeans aussah, zu tun hatte, sondern einfach mit der Tatsache, dass vier große, attraktive Cowboys auf sie zu kamen.

Das musste ja jedes weibliche Herz zum Pochen bringen. Doch ihr Blick hatte sich auf Carson eingeschossen wie eine wärmesuchende Rakete, und nachdem sie kurz die Cowboys neben ihm angesehen hatte, wanderte er direkt wieder zurück zu ihm.

Sie zwang sich, ihren Blick von ihm loszureißen und den Anblick der vier Cowboys auf sich wirken zu lassen. Cowboys hatten einfach etwas Anziehendes an sich. Besonders, wenn sie so attraktiv waren wie diese Gruppe, die aussah, als wären sie einer Anzeige für Stetson Cowboyhüte entsprungen.

Texas tough, dachte sie.

Als sie vor ihr stehen blieben, lüfteten alle ihre Hüte.

Carson lächelte. „Da sind Sie ja wieder. Und diesmal ganz ohne Unfälle."

„Ja, diesmal ohne Unfälle. Ich habe mich bemüht, diesmal keinen Ihrer Zaunpfähle umzufahren."

„Um Sie und Ihre Autos mache ich mir viel größere Sorgen. Den Pfosten habe ich schon repariert.

Darf ich Ihnen drei meiner Cousins vorstellen? Das sind die Presley-Brüder. Genau genommen habe ich fünf, doch Vance ist bei einem Rodeo und Brice holt eine Ladung Vieh in Amarillo ab. Gemeinsam mit ihrem Dad führen sie eine große Ranch in Ransom Creek."

Der mit dem amüsierten Blick und dem spitzbübischen Grinsen streckte ihr die Hand entgegen. „Ich bin Cooper, freut mich, Sie kennenzulernen. Ich bin froh, dass ich Carson Ihre Anzeige gezeigt habe."

Sie lächelte ihn an. „Freut mich, Sie kennenzulernen. Und vielen Dank!"

Der ernste der drei, der wie ein junger Sam Elliott aussah, streckte ihr als nächstes die Hand entgegen. „Ich bin Drake, ich bin der Älteste. Ich hoffe, wir sind Ihnen nicht zu viel auf einmal. Wir sind ein wilder Haufen, aber wir haben auch eine Schwester, und sie hat die Kindheit mit uns überlebt. Und Carson", sagte er gedehnt, als spürte er die Wirkung, die alle vier zusammen auf eine Frau hatten.

Sie schüttelte schmunzelnd seine Hand. „Schon gut. Ist allerdings schon ein Anblick, wenn alle vier auf einen zu kommen."

Er lächelte. „Wir können schon furchteinflößend sein."

Es war natürlich ein Witz, denn nichts an ihnen war furchteinflößend, außer, wenn man vielleicht selbst nichts Gutes im Schilde führte.

„Und ich bin Shane. Freut mich, Sie kennenzulernen. April ist ein großer Fan von Ihnen, darum bin ich auch einer. Ich freue mich, dass Sie das Haus für sie schön machen."

„Sie ist so ein Sonnenschein. Ich freue mich, hier zu sein und das Projekt machen zu dürfen. Ich werde das Haus und ihr Zimmer für sie und ihren Dad ganz heimelig und bequem gestalten."

„Genau, wie es eine Braut tun würde", feixte Cooper. „Ihre Anzeige zieht definitiv Blicke auf sich, und das ist genau, was Carson braucht. Seit der Scheidung meidet er Frauen wie der Teufel das Weihwasser. Darum sollten Sie gut mit ihm zurechtkommen. Vielleicht hilft es ihm ja, dass Sie hier sind und dem Haus eine weibliche Note geben. Ich hoffe, dass ich ihn so vielleicht wieder mal aus dem

Haus bekomme und er wieder mit Frauen ausgeht."

Carson warf seinem Cousin einen derart vernichtenden Blick zu, dass sie befürchtete, dass er sich vor ihren Augen mit ihm prügeln könnte.

„Hey Coop, es reicht."

Cooper lachte. „Ich habe doch nichts Falsches gesagt. Wenn du vom Pferd abgeworfen wirst, weißt du genauso wie wir, dass man sich wieder aufrappelt und gleich wieder in den Sattel schwingt."

Er lächelte sie an, und sie bemühte sich, es nicht persönlich zu nehmen. Er versuchte nur, seinem Cousin zu helfen. Genau wie Lisa es gestern Abend bei ihr versucht hatte.

„Wir müssen los", sagte Drake. „Lassen Sie sich von Cooper nicht ärgern. Er bildet sich ein, dass jeder daten muss."

„Ich kann nicht lügen. Das ist die Wahrheit. Und wenn Sie vielleicht das Terrain sondieren möchten, ich weiß, dass in Ihrer Anzeige steht, dass das Geschäftliche strikt geschäftlich ist, doch ich bin ja nicht ihr Kunde. Wir haben nächstes Wochenende eine große Party auf der Ranch, mit Tanz und allem Drum und Dran, und die ganze Gemeinde und alle, die kommen möchten, sind herzlich eingeladen. Vielleicht können Sie ja eine Freundin mitbringen oder mit Carson und April mitkommen und ein bisschen Texas Two-Step tanzen."

Shane schnitt eine Grimasse und runzelte die Stirn. „Sie sind herzlich eingeladen."

Carson sah aus, als würde er gleich explodieren, und sie bemühte sich, neutral zu bleiben. „Danke für die Einladung. Aber ich bin keine große Tänzerin." *Da, sie war weder ausgeflippt noch hatte sie lang und breit erklärt, dass sie nicht datete.* Sie war froh, dass sie Cooper für charmant gehalten hatte und nicht für einen Proleten. Doch der Cowboy war nun einmal charmant. *Was für ein Mensch wäre sie, wenn sie dauernd überreagieren würde, wenn jemand vorschlug, dass sie wieder anfing zu daten?*

„Das ist schade", lachte Cooper und zwinkerte ihr zu. „Wie auch immer, Sie sind herzlich eingeladen. Viel Erfolg mit dem Haus. Kommt, Jungs. Zurück an die Arbeit."

„Wird aber auch langsam Zeit", brummte Carson.

„Ich hätte fast vergessen, dass ihr auch noch was anderes tut als dumm labern."

Daraufhin musste sie laut auflachen und schlug sich die Hand vor den Mund, als die anderen sie anstarrten.

„Sie finden das wohl witzig, Missy", sagte Cooper und spielte den Beleidigten. „Das ist so was von unfair, besonders, da ich versucht habe, Ihnen einen Gefallen zu tun."

„Da bin ich mir ganz sicher." Sie lächelte.

„Ignorieren Sie ihn einfach." Drake schüttelte den Kopf und schob Cooper in Richtung Truck. „Wir machen los. Schönen Tag noch." Er tippte sich an den Hut, genauso wie Cooper und Shane, dann gingen sie zu ihrem großen schwarzen Truck.

Kurz darauf winkten sie und fuhren mit Drake am Steuer davon.

Carson schüttelte den Kopf. „Ignorieren sie Cooper einfach. Er flirtet viel zu gern, und ein Clown ist er obendrein. Aber er hat ein großes Herz und macht sich Sorgen um mich. Auch, wenn er mich damit um den Verstand bringt. Doch er war derjenige, der mir Ihre Anzeige gezeigt hat, darum bin ich ihm was schuldig."

„Schon okay. Ich bin nicht so empfindlich, wie ich neulich vielleicht den Eindruck erweckt habe. Und wenn's hilft, ich habe eine Freundin, die dasselbe mit mir versucht. Sie macht mich genauso wahnsinnig mit ihrer Sorge und ihrem Gedrängel, dass ich wieder anfangen soll zu daten. Ich muss ihr immer wieder den Kopf zurechtrücken."

„Das bedeutet nur, dass wir ihnen nicht egal sind. Und das sage ich jetzt nicht, weil ich neugierig bin, sondern weil es eine Tatsache ist. Aber manchmal kann weder eine Freundin noch ein Cousin helfen. Man muss einfach seinem Bauchgefühl folgen und Entscheidungen treffen, die sich richtig anfühlen – selbst wenn andere sie nicht verstehen."

Seine Worte echoten ihre eigenen Gedanken. „Ganz genau, ich weiß was ich fühle, genauso wie Sie wissen, was Sie fühlen." Sie konnte den Blick nicht von ihm abwenden, und in diesem Moment spürte sie eine Verbindung zwischen ihnen.

„Ganz genau. Und, was haben Sie mitgebracht?"

„Ach ja." Sie drehte sich zu ihrem Mietwagen um und griff nach der Tür. Im selben Moment beugte er sich vor und streckte ebenfalls die Hand nach dem Griff aus.

„Ich mache das." Und schon lag seine Hand auf dem Griff.

„Oh", entfuhr es ihr. Zu spät, denn ihre Hand streifte seine. Schmetterlinge und ein elektrisches Prickeln schossen durch sie hindurch. „Das sind meine Inspirationstafeln. Ich wollte, dass Sie sie ansehen, bevor ich sie April zeige."

Offensichtlich fühlte er nicht, was sie fühlte. Während er sich in ihren Wagen bückte, ermahnte sie sich, sich zusammenzureißen. *Was war nur los mit ihr?*

„Die sehen toll aus." Er lehnte eine Tafel an den Wagen und holte eine zweite heraus. Dann trat er zurück, um sie zu betrachten. „So soll mein Wohnzimmer aussehen?"

„Wenn es Ihnen gefällt."

„Das tut es. Wenn Sie es schaffen, dass Aprils Zimmer wirklich so aussieht, wird sie Ihr größter Fan sein. Und ich auch. Das ist fantastisch."

„Danke. Ich glaube, es wird ihr gefallen."

„Ich muss sie gleich abholen. Wollen Sie mitkommen?"

„Gerne. Können wir die hier zwischenzeitlich irgendwo unterstellen?", fragte sie, doch er hatte sie schon aufgehoben.

„Ich bringe sie ins Haus. Brauchen Sie irgendwas?"

„Nein, alles okay", antwortete sie und wartete am Auto auf ihn.

Wenig später kehrte er zurück, und sie gingen zusammen zu seinem Truck. Er ging zur Beifahrertür und öffnete sie für sie. „Nach Ihnen."

Sie kletterte hinein und versuchte erfolglos, das Bewusstsein seiner Nähe zu verdrängen.

Sie waren noch nicht weit gefahren, als er eine schwarze Kuh neben der Straße entdeckte. „Wie kommst du denn hier raus?", murmelte er, während er den Truck abbremste. „Tut mir leid, ich muss sie zurück hinter den Zaun bringen. Sollte nicht zu lange dauern. Könnten Sie mir vielleicht dabei helfen?"

„Helfen?" Sie starrte die ziemlich große Kuh an, die friedlich graste, und dann ihn.

„Ja. Sehen Sie die Öffnung da im Zaun? Glauben Sie, dass Sie sich da hinstellen und mit den Armen wedeln können, damit sie Sie sieht und nicht in die falsche Richtung geht?"

Sie war zwar in Texas zur Welt gekommen, ein Cowgirl war sie jedoch nicht – doch selbst für sie hörte es sich einfach an. „Ich schätze schon." *Konnte sie wirklich nicht mehr Begeisterung aufbringen?*

„Wenn Sie sich nicht sicher sind, schaffe ich es auch allein. Es dauert dann nur ein bisschen länger."

Sie schämte sich für ihre Feigheit und schüttelte den Kopf. „Nein, das kann ich schon. Ich habe so was nur noch nie gemacht."

„Ist nicht schwer. Sie müssen keine Angst haben."

Er stellte den Motor ab und stieg aus. Sie folgte seinem Beispiel, nur deutlich langsamer, denn die Angst legte sich wie eine Schlinge um ihren Hals.

Er lächelte, als er um den Truck herum ging. „Genau hierher." Er nahm ihren Arm und führte sie in die Mitte der flachen Senke.

„Oh", entfuhr es ihr. Das Gras war hoch. Sie fürchtete sich vor Schlangen, doch er stapfte mit seinen Stiefeln durchs Gras und schien sich gar nichts dabei zu denken.

„Bleiben Sie genau hier stehen." Er nahm sie bei den Schultern und platzierte sie dort, wo er sie haben wollte, dann sah er sie aufmunternd an. „Wenn ich zur Kuh gehe, werde ich sie in Richtung Zaun treiben. Sie sind nur zur Sicherheit hier. Wenn ich Ihnen ein Zeichen gebe, fangen Sie an, mit den Armen zu wedeln, und wenn sie aus irgendeinem Grund in Ihre Richtung kommt, rufen Sie *Yah!* Zeigen Sie ihr, dass Sie der Boss sind, und machen Sie ein paar Schritte auf sie zu, dann wird sie kehrt machen."

Schmetterlinge unternahmen Kamikaze-flüge in ihrem Bauch. Mit flauem Magen nickte sie. „Okay."

Er lächelte und rieb ihr kurz beruhigend die Arme. Oder zumindest glaubte sie, dass er das damit hatte bezwecken wollen. Es funktionierte nicht.

Dann überquerte er die Straße, bevor er in Richtung Kuh ging, wahrscheinlich, um sie nicht zu verschrecken. Er ging langsamer, als er auf gleicher

Höhe mit der Grasfressmaschine war; dann hob er seine Arme und sah Bella an. Da sie davon ausging, dass das das Zeichen war, hob Bella ihrerseits ihre Arme. Er lächelte und ging langsam auf die Kuh zu.

„Ja, zurück mit dir durch den Zaun", sagte er in rauem Ton, der die Aufmerksamkeit der Kuh auf sich zog. Sie spitzte die Ohren und machte einen Satz zur Seite, bevor sie sich auf den Zaun zu bewegte. Es sah aus, als wäre es keine große Sache. *Warum auch? Die Kuh tut genau, was er gesagt hatte, dass sie tun würde.* Carson ging armewedelnd auf die Kuh zu und rief erneut „Yah". Dann plötzlich muhte die Kuh laut auf und rannte wie von der Tarantel gestochen los – direkt auf Bella zu.

In Panik versuchte sie sich zu erinnern, was er gesagt hatte und begann, mit den Armen zu wedeln.

Die Kuh rannte weiter.

Er hatte gesagt, dass sie stehen bleiben sollte – nein, auf das Tier zugehen. Sie tat es. Sie machte einen Schritt nach vorn, anstatt auf dem Absatz kehrt zu machen und loszurennen. Doch die Kuh kam weiter auf sie zu.

„Aus dem Weg!", hörte sie Carson schreien. „Geh aus dem Weg! Sie bleibt nicht stehen!"

Sie schrie, stolperte und ging im selben Moment zu Boden, in dem die Kuh plötzlich umdrehte. Mit wild pochendem Herzen beobachtete sie, wie das Tier zurück in Carsons Richtung stürmte. Doch Carson rannte bereits auf sie zu. Die Kuh machte einen Schlenker und kehrte durch das Loch im Zaun auf die Weide zurück.

„Bist du okay? Ich meine... sind Sie okay?" Er ging neben ihr in die Hocke und sah selbst mit seiner gebräunten Haut blass aus.

„Ja, ich bin okay. Sie ist nicht stehengeblieben."

„Ja, manchmal geraten sie in Panik oder man hat es mit einem besonders störrischen Vieh zu tun." Sie versuchte sich aufzurappeln, doch er hatte bereits seine Hände unter ihre Arme geschoben und half ihr auf. Als sie ihren Fuß belasten wollte, keuchte sie.

„Sie sind nicht okay." Er legte ihren Arm um seinen Hals und schob seine Hand um ihre Taille, und ehe sie sich's versah, war sie an seinen Körper gepresst.

„Das kann ich auch alleine", protestierte sie und versuchte, den Schmerz zu ignorieren, der durch ihren Fuß schoss.

„Nein, das können Sie nicht. Das ist meine Schuld. Lassen Sie mich Sie zurück zu meinem Truck bringen."

Sie hoppelte ein paar Schritte, doch im nächsten Moment schob er seinen Arm unter ihre Knie, hob sie hoch und trug sie zu seinem Truck.

Ihr Mund war staubtrocken, und alles, woran sie denken konnte, war, wie vorsichtig er sie trug und dass er sie in seinen Armen hielt. Sein Gesicht war kaum mehr als zehn Zentimeter von ihrem entfernt, und seine Miene war finster, als sie die offene Beifahrertür des Trucks erreichten.

„Ich hätte Sie nicht in diese Situation bringen sollen", sagte er, während er sie behutsam absetzte. „Lassen Sie mich den Fuß ansehen."

„Nein, ich bin okay", sagte sie.

Doch bevor sie noch etwas sagen konnte, hatte er ihr schon die Sandale ausgezogen und nahm vorsichtig ihren Fuß in seine Hand.

Sie holte scharf Luft. „Wirklich Carson, mir geht's gut. Es ist nichts."

„Tut es hier weh?" Er berührte die Außenseite ihres Knöchels und sah, wie sie eine Grimasse schnitt. „Das sollten wir vielleicht röntgen lassen."

„Nein, ich hab mich nur ein bisschen vertreten."

„Das werden wir sehen. Ich besorge Ihnen einen Eisbeutel und dann gehe ich April holen, während Sie–"

„Was ist mit Ihrer Kuh?" „Die ist auf der Weide und kommt nicht wieder raus. Ich komme später zurück und repariere den Zaun." Er hielt immer noch ihren Fuß, und sie zog ihn weg.

„Mein Fuß braucht nur eine kleine Pause. Lassen Sie uns April holen, und wenn er danach immer noch wehtut, packe ich einen Eisbeutel drauf und passe auf April auf, während Sie den Zaun flicken."

„Wie Sie meinen. Es tut mir wirklich leid, dass ich

Sie in diese Situation gebracht habe."

Sie war nicht glücklich darüber, doch was hätte sie sagen sollen? „Sie haben Hilfe gebraucht. Ich hab's versucht. Es ist nicht Ihre Schuld, dass das eine störrische Kuh mit einem ganz eigenen Kopf war. Den habe ich aber auch. Darum lassen Sie uns jetzt Ihre Kleine abholen." Sie sah ihn entschlossen an und hoffte, dass er nicht weiter diskutieren würde. Oder ihren Fuß noch einmal anhob. Wenn ihr Puls weiter Achterbahn fuhr, wenn er sie berührte, würde sie einen Herzinfarkt bekommen, bevor der Tag vorüber war.

Als er sich hinters Steuer setzte und losfuhr, herrschte Schweigen zwischen ihnen. Sie sah ihn an und bemerkte, wie verkrampft er das Lenkrad umklammert hielt.

Sie legte eine Hand auf seinen Arm. „Bitte entspannen Sie sich. Und danke, dass Sie sich um mich sorgen."

„Ich bin den Umgang mit Cowboys gewohnt. Ich habe Sie in Gefahr gebracht."

„Ich bin kein Baby, also kriegen Sie sich wieder

ein." Sie lächelte, zog ihre Hand zurück und entspannte sich.

„Das habe ich nie behauptet. Glauben Sie mir, ich bin nicht blind."

Der Blick, den er ihr zuwarf, trug nichts dazu bei, ihren Puls zu beruhigen – er sagte ihr, dass er sich ihrer genauso bewusst war wie sie sich seiner.

Und das war ein Problem.

KAPITEL SIEBEN

Eine Stunde nach dem Zwischenfall mit der wildgewordenen Kuh holte Carson den Drahtstrammer aus dem Truck und ging hinüber zum kaputten Zaun. Er hatte keine Ahnung, warum der Zaun kaputt war, doch es war einer der ältesten Zäune der Ranch. Für ihn stand er ganz oben auf der To-do-Liste, doch jetzt musste er das Loch erst einmal vorübergehend flicken.

Er brauchte etwas, um sich von Bella abzulenken. Sie mit seiner begeisterten Tochter gemütlich auf dem Sofa online-shoppen zu sehen war ihm viel zu heimelig gewesen. Das Wort hing wie ein Bleigewicht um seinen Hals, während Spuren von ihr in seinem Haus vor seinem inneren Auge aufblitzten. Erinnerungen an die Frau, die ihm unter die Haut ging. Er fühlte sich mehr zu ihr hingezogen, als er zugeben wollte. Und als er befürchtet hatte, dass die Kuh sie niedertrampeln könnte, war ihm eiskalt geworden bei dem Gedanken.

Als er sie zu seinem Truck getragen hatte, hatte er sie gar nicht wieder absetzen wollen. Und jetzt dachte er daran, sie halten zu wollen, ohne dass die Sorge, dass sie verletzt war, seine Gefühle durcheinanderbrachte.

Das war nicht gut. Und so unerwartet, dass er nicht wusste, was er tun sollte.

Sie spürte es auch. Dessen war er sich sicher.

Die Spannung, die zwischen ihnen prickelte, war nicht einseitig. Spannung wie diese entstand nicht, wenn nur einer von beiden das Feuer spürte.

Sie kämpfte genau wie er gegen die Flammen an und war wahrscheinlich wütend deswegen.

Zumindest wirkte sie so.

Sie würde wahrscheinlich das Projekt abwickeln und dann auf Nimmerwiedersehen aus seinem Leben verschwinden, ohne auch nur einmal an ihn zurückzudenken.

Und ihm blieb ein Haus voller Erinnerungen an sie. Sie dekorierte das Haus zwar so, dass es ihm und April gefiel, doch es war ihr eigener Blickwinkel, der alles inspirierte.

Nachdem er die Drähte verbunden und den Zaun gesichert hatte, warf er den Drahtstrammer wieder auf die Ladefläche seines Trucks und zog seine Arbeitshandschuhe aus. Er holte tief Luft und ließ den Blick über sein Land schweifen. Er hatte hart dafür gearbeitet. Bei der Scheidung hatte er viel verloren und sich immer noch nicht ganz davon erholt. Wenn eine Familie zerbrach und sich der Staub legte, nachdem man das Leben, das man zusammen aufgebaut hatte, in seins und ihrs aufgeteilt war, dauerte es eine Weile, bis man wieder in die Gänge kam.

Das war sein neuer Anfang. Er war hier in Bride, weil er die Ranch zu einem guten Preis gekauft hatte, als ein Freund seiner Cousins verkaufen wollte. Er hatte Carson einen Deal angeboten, den er nicht hatte ablehnen können. Und das war ein Teil von Carsons Problem. Er glaubte nicht mehr an Happy Ends. Er hatte nicht mehr vor, das Risiko einzugehen, sich zu verlieben. Das Risiko, dass diese Liebe und das neue Leben, das er für sich und April aufbaute, nicht von Dauer waren, war mehr, als er einzugehen bereit war.

Diese Ranch würde nicht aufgeteilt werden. Sein Leben würde nie wieder zerschlagen werden. Und wenn er dafür den Rest seines Lebens als Single verbringen musste, dann war das eben so.

Zumindest hatte er das bis jetzt geglaubt. *Bis Bella in sein Leben getreten war.*

Jetzt konnte er nicht aufhören, sich zu fragen, was ihr zugestoßen war. *Was war ihre Geschichte?*

Und wie konnte eine Frau, die es so liebte, ein Haus zu einem glücklichen Ort für eine Familie zu machen, nicht selbst eine haben?

Zu viele Gedanken. Zu viele Fragen und zu viele Gefühle brandeten durch ihn hindurch.

Und jetzt musste er nach Hause zurück gehen und so tun, als wollte er Bella Reese nicht in seine Arme nehmen und sie küssen, bis sie atemlos war und alles in ihrer Vergangenheit vergaß, was sie ihr Privatleben so hartnäckig wegzuschließen veranlasste.

Er steckte in Schwierigkeiten.

Und zwar ganz tief.

„Einkaufen! Wann? Wann? Wann? Können wir zu Two Cups gehen und Cupcakes kaufen, wenn wir einkaufen gehen?"

Bella kicherte, als April sie erwartungsvoll ansah. Die Aufregung in der Miene des kleinen Mädchens traf sie mitten ins Herz. Das Kind saß auf dem Sofa neben Bella im Schneidersitz und strahlte sie an. Sie hatten sich jedes Detail auf dem Moodboard genau angesehen. April hatte die Materialien eingehend befühlt und hatte mit ihren winzigen Fingern über das Foto des Himmelbetts gestrichen, das Bella gefunden hatte und das der Prinzessin in einem Schloss würdig war.

Sie hatte begeistert gekichert, als sie das Foto des Ponys gesehen hatte, und nach all den anderen Dingen gefragt, die sie auf den Fotos von Mädchenzimmern sah und die sie faszinierten. Bella hatte erklärt, dass sie morgen beim Shoppen Sachen aussuchen gehen würden, damit ihr Zimmer bald so aussah wie auf den Bildern. Sie hatte Carson versichert, dass sie die anderen Zimmer zum vereinbarten Budget wie auf den Moodboards gestalten konnte. Er hatte nicht gefragt, doch sie wollte, dass er wusste, dass sie dazu in der Lage war. Sie war zu ihren Secondhandläden in Fort Worth gegangen und wollte auch ein paar Läden in Waco besuchen. Sie hatte bereits ein Bett in einem Laden ganz in der Nähe ihrer Wohnung gefunden, und das war ihre Inspiration.

„Ja, wir können beim Cupcakeladen vorbeischauen. Das klingt mir nach einer guten Idee."

„Das ist es auch. Sie haben die schönsten Cupcakes auf der ganzen Welt. Und sie schmecken auch gut. Du wirst die Schokocupcakes lieben. Mein Daddy liebt die auch."

„Was liebe ich?" Carson kam durch die Küchentür und sah sie an.

Bellas Blick begegnete seinem und verdrängte die

Freude, ihn zu sehen. *Sie würde sich nicht davon beeindrucken lassen.*

„Schokocupcakes", trällerte April. „Wir gehen morgen hin, wenn wir shoppen gehen. Bella kommt früh, und wir gehen alle zusammen in den Ort, um für mein Zimmer einzukaufen. Und dann werden wir Cupcakes mit Zuckerstreuseln essen."

Er kam ins Wohnzimmer. „Das hängt davon ab, ob Bellas Fuß besser ist. Sie kann nicht so viel laufen, wenn ihr Fuß noch wehtut."

„Ist dein Fuß besser?", fragte April. Sorge und Hoffnung, dass ihr Shoppingtrip nicht ausfallen musste, mischten sich in der Miene des süßen kleinen Mädchens.

„Mein Fuß ist viel besser. Das Eis hat geholfen."

Carson sah nicht so aus, als glaubte er ihr, doch es war die Wahrheit. Er hatte überreagiert. Der schlimmste Schmerz war verflogen, und sie war dankbar dafür.

„Es ist die Wahrheit", sagte sie, als er sie ansah, als wollte er protestieren. „Wirklich."

„Sie fühlt sich besser, Daddy."

„Fein, ich glaube Ihnen. Dann geht April morgen nicht zu ihrer Babysitterin, und wenn Sie da sind, fahren wir zusammen in den Ort. Ich muss sie aber warnen, Bride ist nicht gerade ein Shoppingmekka."

Sie lachte. „Ich habe ein paar Läden zwischen hier und Fort Worth gefunden, die wir uns auch ansehen können. Ich weiß, dass sie nicht Zeit haben, jeden Tag einkaufen zu gehen, und ich werde natürlich auch allein einkaufen gehen. Das morgen ist hauptsächlich zum Spaß für April. Sie kann morgen ein paar Sachen aussuchen, und mit ein paar anderen überrasche ich sie später. Wie hört sich das an, April?"

„Ich liebe Überraschungen."

„Dann haben wir also einen Plan. Wir gehen morgen shoppen, und wenn Sie Zeit haben, können wir noch einen anderen Tag einplanen." Sie hoffte, er würde sagen, dass er keine Zeit hatte, doch April flehte:

„Bitte, Daddy, komm mit uns."

„Zweimal geht schon. Ich meine, es wird ja nicht jedes Mal der ganze Tag sein, oder?"

Sie musste lachen. „Wenn es hilft – ich mag auch

nicht den ganzen Tag in irgendwelchen Läden verbringen. Shoppen ertrage ich nur in gezielten Dosen. Außerdem haben wir die süße Maus hier dabei, ein ganzer Tag wäre langweilig für sie. Es sei denn natürlich, es macht Ihnen so viel Spaß, dass Sie weitermachen wollen."

Er lachte. „Ich gehe jede Wette, dass ich der erste im Truck bin, wenn Sie sagen, wir sind fertig."

„Du bist so lustig, Daddy", kicherte April.

Bella schmunzelte. „Es wird ein schöner Tag, versprochen. Aber jetzt sollte ich besser nach Hause fahren. Ich kann so gegen zehn hier sein. Ist das gut?"

„Ich warte auf dich!", quietschte April und schlang die Arme um Bellas Hals. „Danke, Bella, du bist die Beste. Selbst meine Mama macht das nicht für mich."

Bella erwiderte die Umarmung und ließ die Worte auf sich wirken. Bellas Herz tat ihr weh, und sie war sich nicht einmal sicher warum. *Was war hier los, dass April ihre Mutter bis jetzt mit keinem Wort erwähnt hatte?* Carsons Miene hatte sich verfinstert.

„Dann schlaf schön, Süße." April kletterte von

ihrem Schoß und sie nahm vorsichtig den Fuß vom Polsterhocker.

Sofort war Carson bei ihr. „Können Sie gehen?"

„Jaja." Sie nahm die Hand, die er ihr anbot, auch wenn Sie seine Hilfe nicht wirklich brauchte. *Ja, warum nahm sie sie dann?* Aus irgendeinem Grund wollte sie ihn spüren, ohne dass es zu offensichtlich war. Erneut schoss der Kick durch sie hindurch, als er ihre Hand ergriff.

„Halten Sie sich fest, und belasten Sie den Fuß ganz vorsichtig."

Er klang heiser, und sie spürte, dass es von den Emotionen kam, die Aprils Worte aufgewühlt hatten. Als sie ihn ansah und einen Moment lang den tiefen Schmerz in seinen Augen wahrnahm, hätte sie nichts lieber getan, als ihn ihm zu nehmen.

Sie lief wie auf heißen Kohlen.

„Ich bringe Sie zu Ihrem Wagen", sagte er. „April, spiel du mit deinen Puppen, während ich Bella zu ihrem Auto bringe."

„Ja, Daddy. Sie sieht aus, als braucht sie deine Hilfe."

Den ganzen Weg nach draußen und bis zum Wagen hielt er ihre Hand. Dabei redeten sie nicht, sondern hielten einander nur fest, als bräuchten beide die Stütze. *Der Gedanke, dass sie auch ihn stützte, war seltsam für sie.*

„Ich weiß, dass das persönlich ist und dass wir diese Grenze nicht überschreiten sollten, aber ich finde, Sie sollten wissen, was April mit der Bemerkung gerade gemeint hat."

Sie erreichten ihren Mietwagen. Ein Flugzeug flog über sie hinweg, und sie blickte zum wolkenlosen Himmel auf und versuchte, sich dazu zu bringen, ihm zu sagen, dass sie es nicht wissen wollte oder musste. Doch sie konnte es nicht.

„Warum hat sie das gesagt? Mir ist aufgefallen, dass sie sonst nicht über ihre Mutter spricht.

Da wurde ihr bewusst, dass er immer noch ihre Hand hielt, und so ungern sie es auch tat, zog sie sie zurück und lehnte sich gegen den Wagen, um ihren Fuß zu entlasten, der viel mehr schmerzte, als sie zuzugeben bereit war.

„Das ist eine lange Geschichte, doch im Moment

reist ihre Mutter mit ihrem Filmstar-Ehemann herum. Sie lebt das Leben, das sie sich wünscht, und hat keine Zeit für April. Das ist jetzt schon seit zwei Jahren so. Am Anfang war es furchtbar. April hat dauernd nach ihr geweint. Doch jetzt redet sie nur noch selten von ihr. Sie ist wütend auf sie, und sie hat jedes Recht dazu. Ihre Mutter tut mir leid. Ich bin mir sicher, dass sie eines Tages aufwachen wird und April in ihrem Leben haben will. Ich habe mir große Mühe gegeben, April während der Scheidung zu schützen, und habe das alleinige Sorgerecht für sie. Um Aprils willen wünsche ich mir, dass meine Ex zur Besinnung kommt. Dann könnte April uns beide sehen."

Bella konnte sich vorstellen, wie schwer das alles für ihn war. Sie fragte sich, ob er hoffte, dass seine Exfrau zu ihm zurückkommen würde. „Das hoffe ich auch. Aber Sie sind ein wunderbarer Vater. Und was Sie für sie tun, ist wirklich fantastisch."

„Danke, dass Sie mir dabei helfen."

Sie lächelte und kämpfte gegen den Wunsch an, sein Gesicht zu berühren und ihn zu streicheln, um die Anspannung zu lindern, die sie in seinen Zügen sah.

„Ich sollte gehen. Morgen können wir uns über die Geburtstagsparty unterhalten, falls sie mal so beschäftigt ist, dass sie uns nicht zuhört. Das haben wir bisher noch nicht gemacht." Sie öffnete die Tür, um einzusteigen.

Er trat einen Schritt zurück. „Klingt nach einem guten Plan, Bella. Danke! Sie hält große Stücke auf Sie."

„Das freut mich. Ich mag sie auch."

Dann winkten sie einander zu. Im Rückspiegel sah sie, dass er ihr hinterher blickte, als sie die Auffahrt hinunterfuhr. Er stand immer noch da, wo sie ihn zurückgelassen hatte, als sie auf die Straße bog.

Das Projekt war nicht so einfach, wie sie geglaubt hatte, denn sie ertappte sich dabei, dass sie den Mann und seine Tochter mochte.

Zum ersten Mal seit langer Zeit spürte sie etwas in ihrem Herzen ... wo seit ihrer Hochzeitskatastrophe Leere und Kälte geherrscht hatten.

Zwei Stunden später betrat Bella ihre Wohnung, stellte ihre Tasche auf den Küchentresen und ging zur Kaffeemaschine, um sich einen Kaffee zu kochen. Die

Lichter nebenan waren aus, und sie erinnerte sich, dass Lisa erwähnt hatte, dass sie ein Date hatte. Zu schade – sie hätte jetzt wirklich jemanden zum Reden brauchen können.

Ihr Handy klingelte, als sie ihre Tasse aus dem Schrank holte. Sie warf einen Blick auf den Bildschirm und sah Carsons Namen aufblinken. Sie hätte fast die Tasse fallen lassen und stellte sie mit zitternden Fingern schnell ab.

„Hallo?"

„Bella, ich bin's."

Seine Stimme war leise und voller Wärme. Ein Prickeln breitete sich auf ihrer Haut aus. „Carson, hey." Sie bemühte sich um einen lockeren Ton. „Ist alles okay?"

„Ja ja. Ich wollte nur anrufen, um sicherzugehen, dass Sie gut nach Hause gekommen sind."

Wie lange war es her, dass sich jemand dafür interessiert hatte? „Ja, danke. Ich bin gerade reingekommen." Sie holte tief Luft und lehnte sich an den Küchenschrank. Die Schmetterlinge in ihrer Brust vermehrten sich wie die Karnickel, und sie fürchtete, dass da bald kein Platz mehr für Sauerstoff sein würde.

„Gut." Seine Stimme war ein bisschen heiser.

Sie fragte sich, was er gerade tat, wagte aber nicht zu fragen. Das wäre zu persönlich, doch plötzlich wünschte sie sich, sie hätte diese Regeln nicht aufgestellt.

„Dann können Sie sich ja jetzt ein bisschen entspannen. Wie geht's Ihrem Fuß?"

„Ist okay. Ich mache mir gerade eine Tasse Kaffee, dann lege ich den Fuß ein wenig hoch und arbeite ein bisschen."

„Hochlegen ist wahrscheinlich eine gute Idee. Aber arbeiten? Ist das alles, was sie tun?"

Sie schloss die Hand fester um ihr Handy, als ob ihn das näher bringen würde. „Nein", antwortete sie, dann stockte sie. „Also nicht wirklich. Meine Arbeit macht mir Spaß, und ich bin wirklich begeistert von unserem Projekt." Das *unser* fühlte sich gut an. *Zu gut.*

„Ich auch. Doch vielleicht sollten Sie heute Abend einfach nur entspannen. Morgen wird wahrscheinlich ein langer Tag. April hat genug Energie für mehrere Kinder, und sie ist so aufgeregt, dass sie wie der

Duracellhase durch die Läden hoppeln wird."

Bella lächelte, als sie die tiefe Zuneigung in seinen Worten hörte. „Dann ziehe ich sicherheitshalber meine Joggingschuhe an."

„Die werden Sie brauchen. Dann lasse ich Sie jetzt mal wieder in Ruhe. Entspannen Sie sich mit ihrem Kaffee und schlafen Sie gut."

Sie wünschte sich, er würde sie nicht in Ruhe lassen. „Okay", sagte sie, verwirrt von ihren Gedanken.

Spät in der Nacht dachte sie immer noch über ihre Reaktionen auf Carson nach. Sie konnte einfach nicht einschlafen. Nein, er ging ihr nicht aus dem Kopf und an Schlaf war nicht zu denken.

KAPITEL ACHT

Der Morgen ihres Shoppingtrips kam schneller als Carson lieb war, doch er tat es für April. Für April konnte er ein paar Stunden durch einen Laden laufen, während sie und Bella sich alles ansahen und überlegten, ob sie es im Haus oder in Aprils Zimmer brauchten.

Es war gar nicht so langweilig, wie er befürchtet hatte. Als Bella in hochgekrempelten Jeans, Joggingschuhen und einem rosa T-Shirt mit der Aufschrift *Shopping Rocks* aufgekreuzt war, hatte er lachen müssen. Nachdem er mehrmals gefragt hatte, wie es ihrem Fuß ging, und sie jedes Mal bestätigt hatte, dass er okay war, hörte er auf, danach zu fragen. Sie schien normal zu gehen und nicht müde zu werden.

Und bisher hatte er es auch gut überstanden. Nein, shoppen rockte ganz sicher nicht, doch es hatte auch seine guten Seiten. Eine davon war es, April und sie zu beobachten. Die beiden hatten Spaß. Es war schön anzusehen, wie sie April geduldig dabei half zu entscheiden, ob ein rosa Schmetterling besser zu ihrer Wand passte als ein grüner Frosch mit roten Lippen. Mit der richtigen Dosis Überredungskunst von Bella entschied April, dass der Schmetterling besser passen würde als der Frosch.

Er hatte nicht einmal gewusst, dass es in Bride einen Laden gab, der Wandsticker im Sortiment hatte. Er war in einer Seitenstraße ganz in der Nähe des Secondhandladens, in dem Bella nach Accessoires suchen wollte, sobald sie hier fertig waren.

Es machte ihm Spaß, Bella durch die Läden zu folgen, und er ließ sich gerne vom Wiegen ihrer Hüften ablenken, genauso wie vom Glitzern in ihren Augen, wenn sie über etwas kicherte, das April sagte, und ihm dann einen Blick zuwarf, wenn auch er lachte.

„Können Sie den Schmetterling halten, während wir uns weiter umsehen?", fragte Bella lächelnd, als sie ihm das postergroße, zarte, glitzernde Ding in die Hand drückte.

„Ich werd's versuchen. Sind Sie sicher, dass das Ding lange in Aprils Zimmer überleben wird?"

„Es kommt an ihre Wand. Es ist kein Spielzeug." Ihre Augen wurden wärmer. „Und entspannen Sie sich. Alle wissen, dass Sie eine kleine Tochter haben. Es ist klar, dass Sie es für Ihre Tochter kaufen und nicht zu Ihrem Vergnügen."

„Wahnsinnig witzig", murmelte er und kämpfte gegen den Impuls an, ihre feixenden Lippen zu küssen. Der Gedanke traf ihn wie ein Schlag. Gestern Abend, als sie telefoniert hatten, hatte er auch schon daran gedacht und sich zwingen müssen, sich von ihr zu verabschieden.

Etwas zupfte an seinem Hemd, und als er sich umdrehte, blickte April mit großen, strahlenden Augen zu ihm auf. „Daddy, können wir jetzt zu Two Cups gehen? Ich hab jetzt Lust auf Cupcakes."

Gott sei Dank!

„Wenn du Lust auf Cupcakes hast, mag ich auch einen." Er bemerkte Bellas glitzernde Augen. Sie schien zu spüren, dass er eine Pause brauchte.

„Alles, was wir gekauft haben, ist dieser Schmetterling", warf er ein. „Beziehungsweise gleich kaufen werden. Ist es zu früh für eine Cupcakepause?"

„Unsinn. Nachdem ich gehört habe, wie gut diese Cupcakes sind, kann ich es kaum erwarten. April sagt, dass ich den Schokoladencupcake mit Zuckerstreuseln ausprobieren muss. Hat sie nicht gesagt, dass das auch Ihr Lieblingscupcake ist?"

Er lachte. „Sie ist der Meinung, dass mit Zuckerstreuseln alles besser schmeckt."

„Das tut es, Daddy. Ich würde überall Zuckerstreusel drauf tun, wenn du es mir erlauben würdest."

„Sogar auf ihre Erbsen oder Karotten, wenn ich es zulassen würde."

„Ich esse keine Erbsen und Karotten."

Bella kicherte. „Vielleicht würde sie es versuchen, wenn Sie es ihr erlauben würden."

„Das ist gerade keine große Hilfe." Als sie ihn daraufhin anlächelte, stolperte sein Herz kurz.

„Ich bin nur hier, um zu dekorieren, nicht um Ihre Ernährung umzustellen."

Was ihn anging, hätte er kein Problem damit, wenn sie für alles hier wäre. Der Gedanke traf ihn mitten in die Brust. Er hatte die ganze Nacht an sie gedacht. Nachdem sie weggefahren war, war er zu seiner begeisterten Tochter ins Haus zurückgekehrt und hatte sich mindestens genauso wie sie auf den Tag mit Bella gefreut.

Zwei Stunden später hatte er sie angerufen, um sich zu versichern, dass sie gut nach Hause gekommen war. Er hatte befürchtet, dass es ihr vielleicht zu persönlich sein könnte, doch er konnte nicht anders.

Er hatte die Grenze überschritten, und ganz gleich wie sehr er sich auch ermahnte, sie in Ruhe zu lassen, was er für Bella empfand ging weit über eine rein professionelle Beziehung hinaus. Es würde ihm schwerfallen, nichts zu sagen, denn er spürte, dass sie sich auch zu ihm hingezogen fühlte und vielleicht ganz Ähnliches empfand. Doch das änderte nichts an ihrer

Vereinbarung.

Wenn er sie plötzlich packen und sie küssen würde, würde sie ihn womöglich ohrfeigen und das Projekt abbrechen. Und das wäre eine Katastrophe für April.

Er würde seine Gefühle für sich behalten.

Er sah April an. „Lass uns den Schmetterling bezahlen gehen, dann ist Zeit für Cupcakes. Wenn du lieb fragst, gibt Emma dir vielleicht extra Zuckerstreusel. Und meine kannst du auch haben. Ich kann nicht behaupten, dass ich sonderlich scharf auf Zuckerstreusel bin."

Mit dem glitzernden rosa Schmetterling ging er voraus, dicht gefolgt von April und Bella, die hinter ihm kicherten. Er warf einen Blick über seine Schulter. „Ich hoffe, ihr lacht nicht über mich." Sein gespielt strenger Blick verbarg sein Lächeln.

„Doch, Daddy. Du siehst lustig aus mit dem Schmetterling."

Er lächelte. „Vielleicht kaufe ich auch einen für meine Schlafzimmerwand."

Wieder kicherte April. Ihr Kichern hörte er so viel

lieber als ihr Weinen. Nachdem Missy sie verlassen hatte, hatte er monatelang viel zu oft Tränen gesehen. Darum würde er alles tun, um sie kichern zu sehen.

Sogar einen rosa Glitzerschmetterling an seine Wand hängen.

Wenig später betraten sie das Two Cups Café. Früher war er kaum hierhergekommen, doch als alleinerziehender Vater eines kleinen Mädchens tat er nun, was er tun musste.

Abgesehen davon gab es guten Cappuccino hier, auch wenn der einfach Kaffee aus seiner Kaffeemaschine zu Hause vollkommen reichte. Die Frauen bestellten hier immer diesen Schicki-Micki-Kram – Karamell-Macchiato oder noch unaussprechlichere Mischungen, die sie wie aus der Pistole geschossen bestellten, wenn sie vor ihm in der Schlange standen.

Er erkannte die junge Frau, die heute hinter dem Tresen in Emmas Laden stand. Er hatte gehört, Emma hatte sich verliebt. Vielleicht hatte sie ja zwischenzeitlich geheiratet. Er war nicht auf dem neusten Stand, was die Gerüchte anging, auch wenn er gehört hatte, dass Amors Pfeil in letzter Zeit einige Leute im Ort getroffen hatte.

Die traurig aussehende Statue im Brunnen und alles, was damit zu tun hatte, versuchte er in der Regel zu ignorieren.

„Was für ein schöner Laden", sagte Bella, die neben ihm stand und sich umsah.

„Ich hab dir doch gesagt, dass er toll ist! Komm, schau dir die Cupcakes an." April ergriff ihre Hand und zog sie zur Auslage. Neben einer Auswahl von anderem süßem Gebäck lagen ordentlich aufgereiht köstlich aussehende bunte Cupcakes.

„Finger von der Scheibe, okay?", warnte er April. Er wusste, dass sie derart von den Cupcakes begeistert war, dass sie sich die Nase an der Scheibe plattdrücken würde, wenn er sie nicht ermahnte.

So begeistert wie sie war, traute er ihr zu, dass sie die Scheibe ablecken würde. Bei dem Gedanken hätte er fast gelacht – nicht, weil es so absurd war, sondern weil er es ihr zutraute. Dann erinnerte er sich daran, dass sie nicht mehr drei war, sondern bald fünf. Sein Baby wurde immer größer. Beim Gedanken daran verzog er das Gesicht.

Das Mädchen hinter dem Tresen, dessen Namensschild sie als Tina identifizierte, begrüßte ihn mit einem freundlichen Lächeln. „Willkommen im Two Cups. Wissen Sie schon, was Sie möchten?"

„Wir wollen Cupcakes mit Zuckerstreuseln", sagte April strahlend zu ihr. „Ich möchte Schokolade bitte, und Daddys Zuckerstreusel können Sie auf meinen tun. Er mag nämlich keine Zuckerstreusel, und er sagt, ich kann seine haben. Und wenn Sie noch mehr drauf tun können, nehme ich auch mehr, denn ich mag Zuckerstreusel. Ich mag sie sogar sehr."

„Oh, wow, du magst Zuckerstreusel wirklich", lachte Tina und öffnete die Glasschiebetür, wo sie stand. „Die sollst du natürlich bekommen. Ich mag Zuckerstreusel nämlich auch." Sie warf ihm einen Blick zu. „Ich kann Ihnen Ihre Zuckerstreusel geben, und sie bekommt trotzdem extra."

„Danke, machen Sie erst einmal die beiden Ladys", sagte er und beobachtete seine Tochter.

„Gern", sagte Tina gut gelaunt. „Welchen hätten Sie gerne?", fragte sie Bella, die fasziniert die

Cupcakes betrachtete.

„Die Schokocupcakes hören sich köstlich an. Ich glaube, ich nehme einen davon. Mit Zuckerstreuseln, aber bitte nur die normale Menge. Ich muss sie probieren, denn April sagt, dass das die besten auf der ganzen Welt sind. Einer solchen Empfehlung muss ich natürlich folgen."

„Sie werden es nicht bereuen", lächelte Tina.

April trat aufgeregt von einem Bein aufs andere. „Ich hab dir ja gesagt, das sind die besten auf der gaaanzen Welt, und gleich kannst du sie probieren."

„Das hast du." Bella gab ihr ein High Five während Tina Carson ansah.

„Ich nehme meinen ohne Streusel bitte."

„Sind Sie sicher? Unsere Zuckerstreusel sind wirklich gut."

„Nein danke, ich nehme meinen mit Schokoglasur."

„Okay, Schokoglasur ohne Streusel." Sie nahm drei Cupcakes aus der Auslage und stellte sie auf der gegenüberliegenden Arbeitsfläche ab. Jeder Cupcake bekam seinen eigenen Teller, und sie begann, zwei davon mit Zuckerstreuseln zu bestreuen. Aprils Cupcake bekam so viele, dass der ganze Teller bedeckt war, und sie quietschte begeistert.

„Was möchten Sie dazu trinken?", fragte Tina dabei.

Er nickte Bella zu.

„Der Kaffee riecht fantastisch. Ich nehme eine Tasse davon. Nichts ist besser als Kaffee mit einem süßen Cupcake."

„Kann ich auch einen Kaffee haben?" April blickte zu ihm auf.

„Ich denke, eine Tasse Milch ist besser", sagte er.

„Dann will ich eine Schokomilch mit Zuckerstreuseln bitte", sagte April.

Er lachte. „Machen Sie ihr bitte eine Schokomilch, aber ohne Zuckerstreusel. Und für mich eine Tasse Kaffee. Schwarz bitte."

Tina lachte. „Mache ich doch glatt. Nehmen Sie schon einmal Platz, ich bringe Ihnen gleich alles rüber."

Immer noch aufgeregt rannte April zu einem Tisch, von dem aus sie aus dem Fenster blicken konnten. Sie rutschte in die Sitznische und klopfte auf die Bank. „Setz dich zu mir, Bella."

Er zahlte, dann folgte er ihnen, rutschte auf die Bank gegenüber und beobachtete, wie April Bella anstrahlte.

Als Tina die Cupcakes und den Kaffee brachte, bestand kein Zweifel mehr daran, dass er der glücklichste Mann der Welt war. *Was könnte besser sein als mit Bella und April Cupcakes zu essen?*

Sein Blick kehrte zu Bella zurück, und er stellte sich erneut vor, sie zu küssen.

Ja, das wäre eindeutig noch besser.

KAPITEL NEUN

„April, was Cupcakes angeht, bist du schon eine echte Spezialistin", sagte Bella, nachdem sie den ersten Bissen von ihrem Schokocupcake genossen hatte. Das war zweifellos der beste Schokoladencupcake, den sie je gegessen hatte. Und der Kaffee war auch gut. Doch als sie die glitzernden Augen des kleinen Mädchens und ihres Vaters sah, der ihnen gegenüber saß und sie mit verträumtem Blick beobachtete, musste Bella zugeben, dass das Cupcakes-Abenteuer rundum perfekt war. Als sich ihre Blicke begegneten, wanderte seine Aufmerksamkeit zu ihren Lippen. Wieder begannen die Schmetterlinge in ihr Amok zu fliegen, und sie hoffte nur, dass sie keine Schokolade im Gesicht hatte.

„Ohne Zuckerstreusel verpassen Sie wirklich was. Die sind wie magischer Feenstaub oder sowas. Da will ich gleich noch fünf mehr bestellen und essen, bis ich platze."

April kicherte. „Ja, ja, ja. Komm, lass uns noch welche holen", quietschte sie und sah ihren Vater erwartungsvoll an.

„Und wieder sind Sie nicht gerade eine Hilfe", sagte Carson mit gespielter Empörung und sah April mit ebenso gespielter finsterer Miene an. „Weißt du, wann du heute Abend schlafen würdest, wenn ich dir jetzt noch einen kaufen würde? Gar nicht, und Bella und ich würden dir den Rest des Tages hinterher hecheln, weil du in Lichtgeschwindigkeit von einem Schaufenster zum nächsten rennen würdest."

„Oh Daddy, Licht hat doch gar keine Geschwindigkeit. Und ich würde schlafen. Versprochen."

Bella schob sich einen weiteren Bissen ihres

Cupcakes in den Mund und versuchte, nicht zu lachen. Als er ihr einen Blick zuwarf und den Kopf schüttelte, prustete sie los. „Wir könnten noch drei kaufen, dann nehme ich heute Abend einen mit nach Hause und ihr könnt einen als Nachspeise nach dem Abendessen essen, quasi als Belohnung für all das Shoppen, das wir noch vor uns haben."

April nickte begeistert. „Können wir das? Bitte, bitte."

„Okay, ich kapituliere. Wir nehmen welche mit. Aber wenn wir noch den ganzen Tag shoppen wollen, schmelzen die Cupcakes dann nicht in ihrem Karton im Auto?"

Daran hatte Bella nicht gedacht. Das wäre eine schokoladige Katastrophe. „Er hat Recht, April. Da draußen ist es warm, und die Schokocreme würde es wahrscheinlich nicht überstehen."

„Dann essen wir sie eben mit Löffeln."

„Kreativ ist sie allemal." Sie zwinkerte Carson zu.

Er hob die Hände. „Wir kaufen sie. Wenn sie heute Abend noch essbar sind, essen wir sie, wenn nicht, dann eben nicht."

April sprang auf und warf ihrem Vater die Arme um den Hals.

Er umarmte sie und begegnete Bellas Blick. „Herzlichen Dank auch", formte er lautlos mit den Lippen.

Sie schmunzelte nur und zuckte mit den Schultern. *Das machte Spaß. Mehr als das.* Sie trank einen Schluck von ihrem Kaffee und versuchte, ihre Freude nicht von der Tatsache stören zu lassen, dass die Grenze zwischen beruflich und privat immer mehr verwischte.

Denn was sie empfand war echte Freude.

Leugnen half da nichts.

Als sie ihre Cupcakes aufgegessen hatten, was nicht lange dauerte, da sie wirklich traumhaft waren, kauften sie noch eine Runde zum Nachtisch. Die lächelnde Frau hinter der Theke verpackte die Cupcakes in drei separate kleine Schachteln. Zu Aprils Freude streute sie Zuckerstreusel über alle drei Cupcakes, als Carson ein paar Sekunden lang nicht hinsah. April presste sich die Hände vor den Mund, um nicht zu kichern. Bella genoss jeden Moment, den sie mit diesem Vater und seinem Kind verbrachte.

Als sie ein paar Minuten später die Straße hinunter zu seinem Truck gingen, nahm April Bella an der einen und Carson an der anderen Hand, als wäre es vollkommen selbstverständlich. *Persönlich. Ja, Bella hatte diese Grenze überschritten.*

Doch wie hätte sie in diesem Moment ihre Hand wegziehen können? Sie liebte die Verbindung, die durch April von ihr zu Carson summte.

Sie vermisste die Nähe, die sie mit Carson und April spürte, bei ihrer eigenen Familie.

Und Carson wusste, was es hieß, tief enttäuscht zu werden. Auch wenn sie nicht viel darüber gesprochen hatten, wusste sie, dass er verraten worden war, und sie war sich sicher, dass er das, was sie durchgemacht hatte, verstehen konnte. Und die Narben, die sie zu vergessen kämpfte. Vielleicht war dieses Wissen einer der Gründe, warum es ihr so schwer fiel, die Mauern aufrechtzuerhalten, die sie so sorgfältig um sich herum errichtet hatte.

Ja, sie spürte die Mauern bröckeln und ihr Herz sehnsüchtig nach draußen spähen.

Carson hatte noch nie so viel Spaß beim Einkaufen gehabt. Wer hätte gedacht, dass es einem Cowboy Spaß machen könnte, rosa Schmetterlinge, hauchdünnen, durchsichtigen Stoff in Himmelblau und bunte Kissen zu kaufen. Dazu mit buntem Stoff bezogene Spielzeugkisten und Nippes zum Dekorieren. Nachdem sie im Two Cups Cupcakes gegessen hatten, wünschte er sich jetzt, mit Zuckerstreuseln bedeckt zu sein, um die zwei Schönheiten in seiner Gesellschaft zu erfreuen.

Als sie durch Ransom Creek fuhren, studierte Bella den Weg auf der Navigations-App auf ihrem Handy. „Schöner kleiner Ort." Sie blickte auf, um die Läden zu betrachten, an denen sie vorbei fuhren, rote Klinkerbauten, die sich mit solchen mit Holzverkleidungen abwechselten. Eines hatten jedoch alle gemein: riesige Pflanzkübel an jeder Ecke und hängende Pflanzkörbe an den Straßenlaternen dazwischen. „Wenn Sie an der nächsten Ecke rechts abbiegen, sollte Sally Ann's Trödelschätze ein Stück die Straße runter sein."

„Wir gehen zu einem Trödelladen?", fragte April.

„Ja, aber hoffentlich haben sie guten Trödel. Ihre Webseite hat vielversprechend ausgesehen, als ich gestern Abend recherchiert habe. Ich suche nach einem Schrank für dein Zimmer und hätte gerne ein älteres Stück mit Charakter dafür."

„Was ist Charakter?", fragte April und neigte den Kopf zur Seite.

Carsons Blick wanderte zu Bella, und er zog eine Braue hoch.

Bella hätte ihm beinahe gegen die Rippen geknufft, doch dann ermahnte sie sich, dass das vollkommen unangebracht war, und konzentrierte sich stattdessen auf April. „In diesem Zusammenhang ist das ein Möbelstück, dass nicht langweilig ist. Es hat etwas an sich, das genau an die Stelle passt, für die du es haben willst."

„Oh okay", nickte sie, als hätte sie die Antwort

verstanden.

Carson schmunzelte. „So leicht ist das. Oh, da ist er schon."

„Ja, da ist er." Sie entdeckte Sally Ann's Trödelladen an der Ecke am Ende der Straße. Ihre Aufmerksamkeit blieb an dem niedlichen kleinen Haus mit dem weiß gestrichenen Lattenzaun und dem Schild „Trödel Bed & Breakfast" hängen. Gelb angestrichen mit weißen Fensterrahmen und Blumenkästen voller bunter Blumen war das Haus perfekt idyllisch. Zwei rote Schaukelstühle standen auf der Veranda vor dem Haus neben viel Schnickschnack, der aussah, als käme er direkt aus dem Trödelladen.

„Was für ein perfekter Ort, ein Wochenende zu verbringen, besonders, wenn man in Sallys Laden oder in der Gegend *trödelt*."

„*Trödelt?*" Carson stellte den Wagen auf dem Parkplatz vor dem Laden ab.

„Nach altem Kram jagen, so wie wir. Ist natürlich nicht wirklich Trödel, wird nur so bezeichnet. Manche nennen es Antiquitätenjagd, aber ich suche nicht immer nach wertvollen Antiquitäten, sondern viel eher nach etwas, das zu meinem jeweiligen Projekt passt."

„Wir trödeln…", trällerte April und klang begeistert.

„Es macht wirklich Spaß", sagte Bella aufmunternd.

„Wie Sie meinen." Carson schüttelte den Kopf, doch ein Lächeln umspielte seine Lippen, als er aus dem Truck sprang.

Bella stieg aus und betrachtete den Laden und alles, was davor auf dem Gehsteig stand. Sie konnte sich schon vorstellen, wie es drinnen aussehen würde. Diesen Teil ihres Jobs liebte sie besonders. Neue Sachen kaufen war okay, doch das hier liebte sie wirklich: faszinierende Läden mit alten Schätzen zu erkunden war einfach betörend. Sie liebte es, den perfekten Gegenstand zu finden, der einem Raum Charakter gab.

Das war es, was sie für Carsons Haus und Aprils Zimmer suchte. Und hier gab es einzigartige Stücke. Sally hatte ein paar Fotos der Möbel, die sie anbot, auf ihren Social Media Seiten gepostet, und Bella war darunter ein Schrank aufgefallen, der perfekt in Aprils

Zimmer passen könnte.

Sie reichte April die Hand und hielt sie fest, als das kleine Mädchen aus dem Truck sprang.

„Ich glaube, trödeln gefällt mir jetzt schon. Dir auch, Daddy?"

Carson wartete auf der anderen Seite des Trucks auf sie. „Was dir Spaß macht, macht auch mir Spaß. Also wird Trödeln ganz toll werden."

Aus seinem Mund klang das komisch. Er war wirklich ein großartiger Typ und wie er dem Geplapper seiner Tochter lauschte, traf sie direkt ins Herz.

„Schau, ein Schaukelstuhl genau in meiner Größe!", quietschte April und zeigte auf einen rosa Stuhl auf dem Gehsteig. „Und rosa ist er auch noch. Darf ich mich reinsetzen, Daddy?"

„Natürlich", sagte er und beobachtete, wie sie zu dem Schaukelstuhl rannte, sich setzte und zu schaukeln begann.

Bella lächelte ihn an. „Sie haben den ganzen Tag wirklich fantastisch durchgehalten."

„Ich amüsiere mich gut. Ich habe April schon

lange nicht mehr so viel Spaß haben sehen. Dafür muss ich mich bei Ihnen bedanken."

Ihr Herz pochte ein bisschen schneller, als er sie anlächelte, denn sie konnte sehen, dass er es so meinte. „Gern geschehen, aber ich mache nur meinen Job. Ich tue nur, wozu Sie mich beauftragt haben."

Er runzelte die Stirn. „Ich glaube, Sie tun mehr, als Ihnen bewusst ist. Aber ich bin mir sicher, dass Sie spüren, was für einen Unterschied Sie in Aprils Leben machen."

„Ich… ich gebe mir Mühe. Danke, dass Sie das sagen."

„Ich würde es nicht sagen, wenn es nicht so wäre."

In ihrem Hals bildete sich ein Kloß, und ihre Augen brannten. *Sie würde jetzt nicht emotional werden. Warum war sie auf einmal so emotional?*

Weil du einen wunderschönen Tag hattest.

„Pass auf!" Sie hörte den Schrei und beinahe im selben Moment ergriff Carson sie und riss sie an sich. Ein Teenager auf einem Skateboard schoss vorbei und verfehlte sie nur knapp.

Ihr Herz galoppierte wie eine ganze Herde wilder

Pferde, als sie sich sicher in Carsons Armen wiederfand und sein Herz gegen ihr eigenes pochen spürte.

„Das war knapp. Sind Sie okay?", fragte er, ohne sie loszulassen.

Sie nickte und sah zu ihm auf. Ihr Blick fiel auf seine Lippen, so unglaublich nah. „Mir geht's gut", sagte sie leise und konnte sich nicht bewegen, als die Wärme seiner Hand durch ihr Shirt drang. „Jetzt haben Sie mich zum zweiten Mal gerettet."

Seine Augen erkundeten ihr Gesicht. Sie spürte, wie ihr Gesicht heiß wurde, doch es gelang ihr immer noch nicht, sich dazu zu bringen, sich von ihm zu lösen.

„Ich bin froh, dass ich hier gestanden habe. Der Verrückte ist plötzlich aus dem Nichts aufgetaucht. Ich hoffe, Sie haben sich Ihren Fuß nicht wieder wehgetan. Tut mir leid, dass ich Sie so abrupt aus dem Weg gezerrt habe."

Sie schüttelte den Kopf. Ihr tat nichts weh. „Der Fuß ist okay", flüsterte sie und ertappte sich dabei, dass sie sich an ihn lehnte, als er den Kopf senkte. Sie glaubte in diesem Moment, dass er sie gleich küssen würde.

„Daddy, hat Bella sich wehgetan?"

Sie sprangen auseinander, als hätte sie sie bei etwas Verbotenem ertappt. Die Hitze in ihrem Gesicht nahm zu, als Bella April ansah, die zwischen beiden hin und her blickte.

„Nein, Honey. Ich habe sie gerade noch rechtzeitig aus dem Weg gezogen."

„Ich bin okay. Ich habe diesen Typen auf dem Skateboard nicht kommen sehen. Bin froh, dass dein Daddy ihn bemerkt hat."

„Er war schnell. Er ist von dem Ding da drüben runter gerauscht gekommen." April deutete auf die Rollstuhlrampe nicht weit von ihnen. „Ich hab mir Sorgen um dich gemacht."

Bella bückte sich und umarmte April. Ihr Herz schmolz, als sie das kleine Mädchen an sich drückte und sie ihre kleinen Arme um ihren Hals schlang. „Mach dir keine Sorgen. Mir ist nichts passiert. Und jetzt lass uns trödeln gehen." Sie richtete sich auf und ergriff Aprils Hand, und gemeinsam gingen sie in Sally Ann's Trödelladen. Sie musste sich nicht umdrehen, um zu wissen, dass Carson ihnen folgte, denn sein Blick wärmte ihren Rücken.

Als sie den Laden betraten, blieb Bella stehen und ließ alles auf sich wirken. Ein buntes Sammelsurium von Lampen und Mobiles hing von der Decke; jeder Winkel war vollgestopft, und das Gebäude schien endlos weiterzugehen. Als sie den Mittelgang hinunter blickte, stachen ihr mehrere größere Möbelstücke und andere Schätze ins Auge.

Sie lächelte Carson über die Schulter an. „Ich glaube, wir sind auf eine Goldader gestoßen. Das ist fantastisch. Was denkst du, April?"

„Ich hab noch nie so viel Zeug auf einem Haufen gesehen. Schau dir den roten Karren an! Meine Freundin hat genau so einen."

April riss sich los und rannte zu dem alten roten Karren. Bella und Carson folgten ihr. Sobald sie am Wagen angekommen waren, um ihn sich anzusehen, entdeckte April ein altes Karussellpferd auf der anderen Seite des Ganges. Es war wunderschön bemalt, auch wenn die Farben ein bisschen verblasst waren. Jemand hatte es umgebaut, darum stand es jetzt auf einem dicken hölzernen Sockel.

Bella kam zu dem Schluss, dass es perfekt in Aprils Zimmer passen würde.

April kicherte und kletterte hinauf.

Carson ging strahlend zu ihr. „Bingo", sagte er. „Das kommt mit uns nach Hause."

Bella schmunzelte, erfreut, dass er sich so mitreißen ließ. „Ein echter Schatz. Das passt perfekt in ihr Zimmer."

„Oh, ich liebe es!", strahlte April. „Ich werde sie Sternenstaub nennen."

„Dann soll sie Sternenstaub heißen", nickte Carson. „Sie gehört in dein Zimmer. Ich bin mir sicher, dass sie nur auf dich gewartet hat."

„Danke, Daddy. Oh Bella, mein Zimmer wird so schön werden! Ich liebe Trödel. Ganz arg."

Wie es schien, hatte Bella zwei neue Trödler infiziert. Sie legte eine Hand auf Aprils zarte Schulter und drückte sanft. „Da bin ich aber froh."

Sie sah sich um, und nicht weit den Gang hinunter sah sie das Möbelstück, das sie auf der Webseite gesehen hatte. Sie ging auf den mit Schnitzereien verzierten Schrank zu, der weiß gekalkt und an ein paar Stellen ein bisschen angeschrammt war, sodass das blasse Holz unter der Farbe zum Vorschein kam. Die Türen waren mit kleinen geschnitzten Vögeln verziert, die Bänder in ihren Schnäbeln trugen. Es war ein wunderschönes Stück.

„Perfekt." Carson trat neben sie. „Jetzt verstehe ich, was Sie meinen. Der passt perfekt in ihr Zimmer. Er hat wirklich Charakter."

„Ganz genau. So langsam nimmt das Zimmer Gestalt an. Das Bett, das ich ausgesucht habe, dann dieser Schrank und das Karussellpferd – das wird so ein süßes Zimmer werden."

„Sie sind wirklich gut in Ihrem Job. Ich meine *wirklich* gut."

„Ich liebe ihn. Es bereitet mir Freude."

Er hob die Hand und strich ihr sanft eine

Haarsträhne hinters Ohr. Die Berührung löste den Anflug einer Panik in ihr aus, da sie *sehr* persönlich war. Doch zurückweichen konnte sie nicht.

„Ich weiß, ich sollte nicht fragen, und ich habe mir bisher große Mühe gegeben, aber ich kann einfach nicht verstehen, dass Sie nicht selbst eine Familie haben."

„Ich–", begann sie, dann zwang sie sich, einen Schritt zurückzuweichen. „Wir sollten uns noch nach Sally umsehen oder wer sonst heute hier die Stellung hält, und ihr sagen, was wir kaufen wollen, sonst kauft uns noch jemand die Sachen vor der Nase weg."

Er sah nicht glücklich aus, nickte jedoch. „Ja, das sollten wir. Ich behalte April im Auge, dann können Sie sich auf die Suche machen. Sehen Sie sich nur weiter um, wir kommen nach, sobald April von Sternenstaub runterkommt."

Sie nickte, denn sie begriff, dass er damit sich und ihr Zeit zum Durchatmen geben wollte, damit sie beide den Abstand gewinnen konnten, den ihre geschäftliche Beziehung erforderte. Als sie ging, schloss sie die

Augen und klammerte sich einen Moment lang an die Gefühle, die das eben Erlebte ausgelöst hatte. Einen kurzen Moment lang ließ sie sie durch sich hindurch strömen. Sie genoss das Gefühl – dann öffnete sie die Augen und ließ es los. Zumindest befahl sie sich, es loszulassen

Und redete sich ein, dass es ihr gelingen würde.

KAPITEL ZEHN

Sally Ann - eine ältere Dame mit einem strahlenden Lächeln, die Cowboystiefel und Jeans trug – strotzte nur so vor Leben. Ihre hellblond gebleichten Haare trug sie zu einem Pferdeschwanz gebunden unter einem verbeulten Strohhut mit einem Türkismedaillon am Hutband. Bella mochte die Frau von dem Moment an, als sie an den Verkaufstresen getreten war.

Als sie ihr gesagt hatte, dass sie den geschnitzten Kleiderschrank und das Karussellpferd kaufen wollte, hatte sie in die Hände geklatscht und Bella zu ihrer Auswahl gratuliert. Im Anschluss daran führte Sally

Ann alle drei durch den Laden und zeigte ihnen stolz ihre Schätze.

„Ihr seid ganz talentierte Trödler." Ihr Blick wanderte von Bella zu April und dann zu Carson. „Ich selbst habe die Schatzjagd im Blut, und ich habe so das Gefühl, dass das bei ihr auch so ist."

Bella lächelte. „Ich liebe es."

„Es ist lange Zeit eine Leidenschaft und ein Segen in meinem Leben gewesen. Ich bin froh, dass ihr vorbeigeschaut und etwas gefunden habt, das euch gefällt. Ich habe hier ein bisschen Trödel gemischt mit echten Schätzen, und ich beobachte gerne die Leute bei der Jagd. Sie haben dieses Glitzern in den Augen, das nur jemand hat, der all das hier zu schätzen weiß. Sie verstehen es, Sachen zu nutzen, die eine Vergangenheit voller Leben und Freude oder Traurigkeit haben – schließlich trägt alles hier die Erinnerungen längst vergangener Tage. Indem Sie es mit nach Hause nehmen, bereitet es noch mehr Freude, und der Kreislauf geht weiter. Genau das ist es, worum es hier geht."

„Das ist so wahr", nickte Bella, die genau wusste,

wovon Sally Ann sprach.

„Nur weil etwas alt ist, heißt es noch lange nicht, dass man es rauswerfen muss. Denn dann würde das auch auf mich zutreffen – und ich bin definitiv noch nicht so weit." Sally Ann lachte über ihre eigene Bemerkung.

April blickte staunend zu ihr auf und verzog empört das Gesicht. „Es soll bloß niemand wagen, Sie rausschmeißen zu wollen. Ich würde ihm einen Tritt verpassen, und mein Daddy würde ihn aufhalten."

Alle lachten, und Sally Ann bückte sich, um das kleine Mädchen zu umarmen. „Du bist eine ganz Süße. Danke."

„Ich will ein Trödler genau wie Sie und Bella werden. Ich liebe mein Pferdchen."

„Sieht aus, als hättet Ihr beide sie angesteckt", sagte Carson gedehnt, sah dabei jedoch zufrieden aus.

Bella lächelte ihn an. Sie amüsierte sich prächtig.

Als sie schließlich fertig waren, hatten sie noch einen Schrank für das Wohnzimmer ausgesucht, der massiv und männlich wirkte und aussah, als gehörte er einfach in Carsons Haus. Carson war derselben

Meinung gewesen.

„Sieht aus, als hätten wir ihn auch angesteckt."
Sally Ann kicherte und warf einen Blick auf ihre Liste.
„Wollt Ihr das alles mitnehmen oder später abholen?
Ich kann es auch als verkauft markieren und hier
behalten, bis Ihr so weit seid. Der Junge, der sonst
beim Laden hilft, liegt diese Woche mit einer Grippe
im Bett."

„Kein Problem. Ich rufe meine Cousins an, die
können mir helfen, die großen Stücke aufzuladen.
Wenn sie heute Zeit haben, dann nehmen wir alles
heute mit. Wenn nicht, dann nehmen wir mit, was ich
alleine aufladen kann, und kommen später zurück, um
den Rest zu holen."

„Wer sind Ihre Cousins?"

„Die Presleys. Kennen Sie sie?"

Sally Ann schmunzelte. „So, wie Sie aussehen,
hätte ich wissen sollen, dass Sie verwandt sind. Das ist
ein gutaussehender Haufen Cowboys. In Ransom
Creek gibt es niemanden, der sie nicht kennt. Ich habe
eine Nichte, von der ich mir wünsche, dass sie hierher
zieht, um mir im Laden zu helfen. Und wenn sie

kommt, hoffe ich, dass sie sich in einen der Jungs verguckt."

Carson lächelte. „Ist an der Zeit, dass sie anfangen, selbst Familien zu gründen. Das sind gute Jungs. Aber Cowboys durch und durch."

„Ich versuche sie zu überzeugen, herzukommen", sagte Sally Ann augenzwinkernd. „Wenn ich sie dazu bringen kann herzuziehen, sehen wir, was sich ergibt."

„Wie mir scheint, haben Sie das Kuppeln im Blut", feixte Bella.

„Vielleicht ein bisschen", kicherte Sally Ann. „Da wird das Leben nicht zu langweilig."

Carson schmunzelte, als er sich abwandte und ein paar Schritte ging, um die Presleys anzurufen.

„Ich hoffe wirklich, dass einer von ihnen kommen kann, um zu helfen. Ich hätte alles gerne so schnell wie möglich im Haus, damit ich das Projekt übers Wochenende abschließen kann." Bella war bewusst geworden, dass sie so möglichst schnell einen Schlussstrich ziehen musste, denn sonst liefe sie Gefahr, zu viel für Carson und April zu empfinden. Das Problem war nur, dass, selbst wenn das Haus fertig war, immer noch die Geburtstagsparty anstand, die Ende des Monats stattfinden würde.

Carson kehrte zurück. „Cooper ist auf dem Weg in den Ort, um Futter zu holen, und kommt vorbei, um mir beim Aufladen zu helfen. Sollte bald da sein."

„Während wir warten, könnten wir rüber zum B&B gehen und uns den Garten ansehen?", fragte Bella. „Ich finde ihn so schön."

„Sicher. Ich gehe mit Ihnen rüber", sagte Sally Ann und ging voraus. Bella hielt Aprils Hand, als sie die Straße überquerten, und wartete, bis Sally Ann das weiße Törchen im Gartenzaun öffnete.

„Da ist ja ein Springbrunnen!" April rannte zu dem glucksenden Springbrunnen in einem kleinen, mit Stein umrandeten Becken. Daneben stand eine altmodische Handpumpe, mit der man Wasser aus dem Brunnen pumpen konnte. „Wir haben einen Brunnen mitten im Ort. Ein Wunschbrunnen oder so was in der Art. Die Leute machen komische Sachen da. Mein Dad sagt, dass manche Leute drum herum tanzen oder reinspringen."

„Den Brunnen habe ich gesehen." Bella erinnerte

sich daran, ihn am ersten Tag zusammen mit Carson gesehen zu haben.

April tauchte ihre Hand ins Wasser. „Ich würde gern reinspringen. Springen Sie in Ihr Wasser, Miss Sally?"

Sally Ann lachte. „Ich springe nicht in diesen kleinen Brunnen, aber ich kenne den berühmten Wunschbrunnen von Bride. Ich erinnere mich, selbst einmal um den Brunnen getanzt zu haben, als ich jung war. Kurz darauf habe ich mich dann in meinen Luther verliebt. Ich weiß, es ist verrückt, aber manchmal glaube ich, dass der Wunsch, den ich beim Brunnen ausgesprochen habe, dafür verantwortlich war, dass ich ihn gefunden habe. An jenem Tag habe ich mir wahre Liebe gewünscht." Sie blickte von Bella zu Carson. „Seid ihr zwei dort gewesen?"

„Oh nein", sagte Bella, geschockt, dass das Gespräch plötzlich am Thema Liebe hängengeblieben war. Carson sah sie mit seinen warmen, wunderschönen Augen an und jagte damit eine Gänsehaut über ihren Rücken.

„Ich habe nie an den Brunnen geglaubt. Ich

glaube, dass die wahre Liebe einen findet, wenn es wirklich sein soll."

Sally Ann versetzte ihm einen Knuff. „Da muss ich Ihnen natürlich Recht geben, aber der Brunnen ist eine nette Legende."

Er lächelte die ältere Dame an und Bella sah, dass sie ihm zuzwinkerte.

Sie wollte nicht darauf warten, dass die Konversation noch unbehaglicher wurde, darum ging sie sich ein altes Fahrrad ansehen, das in einem weiteren Blumenbeet stand. Die Drahtkörbe bordeten über mit bunten Blumen, die Sally Ann darin gepflanzt hatte.

Liebe. Sie wollte nichts von Liebe hören. Auch wenn sich ihr Herz zusammenzog, wenn sie an Carsons Miene eben dachte. Und seine Worte *Ich glaube, dass die wahre Liebe einen findet, wenn es wirklich sein soll.* Die Liebe hatte sie nicht gefunden. Liebe konnte nicht so schnell und unerwartet passieren. Gleich zweimal hatte sie geglaubt, Liebe gefunden zu haben, jedoch nur, um auf schmerzhafte Weise zu lernen, dass Liebe wankelmütig und trügerisch war.

„Das ist eine interessante Verwendung für ein Fahrrad." Carson trat neben sie. Seine Schulter berührte ihre und schickte ein angenehmes Prickeln durch sie hindurch.

„Mir gefällt's."

„Wenn es Ihnen gefällt, gefällt es mir auch."

Sie neigte den Kopf und sah ihn an. Er musterte sie mit interessiertem Blick.

„Sie müssen es nicht mögen, nur weil ich es mag." Ihre Reaktion auf ihn irritierte sie.

„Ich weiß, aber ich mag es trotzdem."

Sie runzelte die Stirn. „Und warum?"

„Weil ich gerne das Glitzern in Ihren Augen sehe, von dem Sally Ann gesprochen hat."

„Oh", mehr fiel ihr nicht als Antwort ein. Zum Glück fuhr Cooper in diesem Moment vor.

„Da ist er ja. Ich gehe schnell mit ihm Aufladen." Als er zum Truck ging, hob er April hoch und warf sie wie einen Sack Kartoffeln über seine Schulter.

„Daddy", kicherte April, während sie die Hände nach Bella ausstreckte.

„Zappel nicht so rum, Baby", sagte er zu seiner Tochter, als er die Straße überquerte.

Bella und Sally Ann folgten ihnen.

„Da haben Sie einen guten Mann gefunden", sagte Sally Ann, während sie das Tor hinter sich schloss.

„Oh, er ist nicht mein–"

„Sind Sie sich da so sicher?"

„Also … ähm – ja", stammelte Bella.

„Ich finde Sie sollten an mehr arbeiten als nur an seinem Haus. Wenn Sie verstehen, was ich meine. Er hat ein gutes Herz, und das ist viel mehr wert als sein Haus."

Bella wusste nicht, was sie darauf sagen sollte, doch sie wusste, dass ihr Carson auf viel zu vielen Ebenen viel zu gut gefiel. Sie musste das Projekt abschließen, um nicht zu riskieren, sich Hals über Kopf in ihn zu verlieben. Sie musste so gut es ging vermeiden, Zeit mit ihm zu verbringen, denn Bemerkungen wie die, die er gerade gemacht hatte, sagten ihr, dass er dasselbe fühlte wie sie.

Nur dass er kein Problem damit zu haben schien. Und das half ihr nicht gerade weiter.

„Kommen Sie zum Bullenverkauf?", fragte Cooper Bella, nachdem sie alles verladen hatten.

Carson wusste, dass er Bella mit seiner Bemerkung im Garten aus dem Konzept gebracht hatte. Sie hatte die ganze Zeit geschwiegen, als sie die Möbel aufgeladen hatten.

„Nein, ich kann nicht", sagte sie sehr zu Carsons Enttäuschung. Er hatte gehofft, sie dazu überreden zu können, und sie fragen wollen, sobald sie zu Hause waren. Cooper war ihm zuvorgekommen.

April zupfte an ihrem Shirt. „Bitte komm. Ich bin auch da, und ich will dir mein echtes Pony zeigen."

Als er ihr einen verstohlenen Blick zuwarf, sah er, dass sie hin- und hergerissen war. Seiner Tochter etwas zu verwehren war schwer. Er hoffte, dass April hartnäckig blieb.

„Bitte, bitte komm. Es wird lustig. Ich zeige dir alle Bullen, und ihre Mustangs kann ich dir auch zeigen. Weißt du, dass mein Onkel Marcus diese Wildpferde hat, die zu ihm kommen und die er dann rettet? Sonst würde ihnen was ganz Schlimmes passieren. Aber er sagt, dass es besser wäre, wenn sie

149

allein und frei auf ihrem eigenen Land umherziehen könnten. Doch er kann daran nichts ändern, darum bringt er sie zu seiner Ranch. Onkel Cooper und Onkel Drake und Onkel Brice und Onkle Shane und Onkel Vance helfen ihm dabei. Ich habe viele Onkels", sagte sie und hielt einen Moment inne. „Ich hab sie alle lieb. Sie arbeiten mit diesen Pferden, und eines Tages helfe ich ihnen dabei. Ich will sie dir wirklich zeigen. Bitte komm. *Bitte bitte.*"

Bella tat ihm fast leid, doch er wollte genauso, dass sie kam, darum war er dankbar für Aprils Beharrlichkeit.

„Okay, ich komme mit dir. Ich will ja nicht, dass du allein dahin gehen musst."

Er lächelte, als sie ihn ansah. Schnell wandte sie den Blick ab, und es hätte ihm unangenehm sein sollen, doch das war es nicht. Sie würde mit ihnen kommen, und das freute ihn zu sehr, als dass ihm Aprils Drängen peinlich gewesen wäre.

„Yay! Jetzt muss mein Daddy nicht mit mir tanzen."

„Da hast du Recht, Schlaumeier." Cooper grinste.

„Normalerweise versucht er immer, sich schon ganz früh zu verdrücken."

„Hey, ich habe eine kleine Tochter, die nicht die ganze Nacht aufbleiben kann. Davon abgesehen habe ich noch nie sonderlich gern getanzt."

Bella sah erleichtert aus.

„Aber im Ernst, Bella. Wir würden uns freuen, wenn Sie mitkommen würden. Natürlich nur, wenn Sie möchten. Es macht Spaß, und sie haben ein paar schöne Bullen da – zumindest aus Cowboysicht gesprochen. Es kommen welche aus der ganzen Gegend. Und die Mustangs sind atemberaubend. Während wir da sind, könnten wir auf die Weide raus fahren und sie uns ansehen."

Sie atmete tief durch und nickte. „Okay, dann komme ich eben mit."

Das waren die besten Nachrichten seit Langem.

Sie hatte sich breitschlagen lassen, mit Carson zur Bullenversteigerung und zum Tanz zu gehen. *Hatte sie den Verstand verloren?*

Die Antwort war ein klares und deutliches Ja. Es musste an dem schönen Tag und an Aprils Flehen gelegen haben. *Und an der Verlockung, mehr Zeit mit Carson zu verbringen.* Sie versuchte, die Stimme in ihrem Kopf zu ignorieren, denn sie war viel zu begeistert von der Aussicht. Doch es war schwer, die Wahrheit zu ignorieren.

Zum Glück plapperte April auf dem Nachhauseweg ununterbrochen und gab ihnen damit keine Gelegenheit, über den Tanz zu reden. Ein paar Minuten, bevor sie die Ranch erreichten, schlief sie ein. Gerade hatte die süße Kleine noch geplappert, und im nächsten Moment herrschte Stille Ihr Kopf war zur Seite gerollt, und sie schlief tief und fest. Bella hätte am liebsten ihr entspanntes Engelsgesichtchen gestreichelt. Das kleine Mädchen hatte ihr Herz im Sturm erobert und war im Begriff, Bellas Welt aus den Angeln zu heben.

„Wenn es Ihnen unangenehm ist, mit uns dahin zu gehen, müssen Sie nicht mitkommen", sagte Carson leise. „April wird es schon verstehen. Ich weiß, dass Sie vorhin nicht Nein sagen konnten. Es ist schwer, ihr etwas abzuschlagen."

Oh, sie wollte es, auch wenn sie Todesängste ausstand wegen der Bullenauktion – und noch mehr wegen des Tanzes. „Ich habe es ihr versprochen, da kann ich jetzt keinen Rückzieher machen."

Seine Gesichtsmuskeln waren angespannt. „Danke. Das ist mehr, als ihre Mutter je für sie getan hat, darum bedeutet es mir viel."

„Das mit ihrer Mutter tut mir leid. Sie verpasst wirklich etwas."

„Ja, das tut sie. Bella, ich betrachte die Bullenversteigerung nicht als Teil Ihres Jobs. Das ist Freizeit, was bedeutet, dass ich mich dort nicht an Ihre Regeln halten muss."

„Jetzt spielen Sie aber nicht fair."

Er lächelte. „Nein, in diesem Moment nicht. Aber wie gesagt, Sie müssen nicht mitkommen."

Sie blickte aus dem Fenster. Ihre Gedanken rasten. Wenn sie ehrlich war, war sie ihre Regeln leid. Doch wenn sie sie über Bord warf, öffnete sie Schmerz und Erniedrigung Tür und Tor. Das hatte sie auf die harte Tour gelernt. Doch sie wollte nur ein paar Momente, in denen sie nicht an ihre Regeln denken musste. „Wie schon gesagt, ich mache keinen Rückzieher. Keine Regeln für diesen Abend. Doch danach gelten sie wieder."

Er lächelte. „Das klingt ein bisschen wie Aschenputtel."

„Lustig. So weit würde ich jetzt nicht gehen."

Er lächelte und zog eine Braue hoch. „Wer weiß? Dann sind wir uns einig, dass Freitagabend keine Regeln gelten – Sie und ich und keine Geschäftsregeln."

Sie nicke, doch sie war nervös. *In was hatte sie sich da nur reingeritten?* „Bis zu einem gewissen Punkt."

Er lächelte. „Natürlich. Ich will nur keine Mauern zwischen uns."

Keine Mauern. Sie nickte zustimmend.

„Morgen laden einer meiner Helfer und ich das alles ab. Sie wollen wahrscheinlich nach Hause, bevor es noch später wird. Ich habe eine Idee. Was, wenn ich bei Sally Ann anrufen und Ihnen für nach der Bullenauktion ein Zimmer reserviere? April und ich übernachten bei Onkel Marcus, da kann ich Sie am nächsten Morgen abholen und mit hierher zurück nehmen. So müssen Sie nicht spät in der Nacht zurückfahren. Hier auf der Ranch zu übernachten biete ich Ihnen gar nicht erst an, da ich mir ziemlich sicher bin, dass Sie das ablehnen würden."

„Ja, das würde ich. Aber Sally Ann's B&B ist eine gute Idee. Morgen bleibe ich in Fort Worth und kaufe noch ein paar Sachen ein, und vielleicht kann ich dann am Freitag oder Samstag alles fertig machen. Morgen tausche ich den Mietwagen gegen einen Truck ein und bringe dann das Bett und alles andere mit."

„Klingt nach einem guten Plan. Hat Bud gesagt, wann ihr Auto fertig sein wird?"

„Montag."

„Ah, gut. Sie wollen sicher endlich wieder Ihr eigenes Auto fahren."

„Ja, aber der Mietwagen war schon okay. Jetzt sollte ich aber losmachen, damit Sie April reinbringen können." Sie musste die Flucht ergreifen. Sie brauchte Zeit, sich mit der Vereinbarung abzufinden, der sie eben zugestimmt hatte.

„Fahren Sie vorsichtig. Wäre schön, wenn Sie mir eine SMS schicken könnten, damit ich weiß, dass Sie gut angekommen sind. Heute Abend rufe ich Sie nicht an."

Sie nickte, ging zu ihrem Wagen und fuhr winkend davon. Sie musste das Chaos sortieren, das jetzt in ihr herrschte. Mit dieser Art von Komplikationen hatte sie nicht gerechnet, als sie die Anzeige in der Zeitung geschaltet hatte.

Sie schwärmte von April, und sie war verrückt nach Carson. Nein, dass sie sich wieder verlieben könnte, hatte sie nicht erwartet.

Und sie hatte entsetzliche Angst davor, genau das zu tun.

KAPITEL ELF

Bis Freitagmorgen war Bella so sehr damit beschäftigt gewesen, für Carsons Projekt einzukaufen, dass sie nicht viel Zeit gehabt hatte, nervös zu sein.

Doch so sehr sie sich auch dagegen wehrte, sie freute sich darauf, ihn zu sehen. Es war geradezu eine Erleichterung. Zum ersten Mal seit einer gefühlten Ewigkeit würde sie versuchen, sich zu amüsieren, ohne sich Sorgen darüber zu machen, dass ihre Vergangenheit beeinflussen könnte, wie sie ihr Leben sah.

Sie sprach kurz mit Lisa darüber, die natürlich begeistert war.

„Du musst es hinter dir lassen und dir keinen Kopf machen. Carson hört sich wunderbar an. Viel eher dein Typ als diese Idioten, deren Namen auszusprechen ich mich weigere. Ich freue mich so für dich."

Die Realität hatte gezeigt, dass ihre Beinahe-Fehlgriffe nicht die Richtigen für sie gewesen waren. Das war ihr zwischenzeitlich bewusst geworden, und sie war froh, dass es geendet hatte, bevor es zu spät gewesen war. Dennoch waren die Hochzeitsfiaskos nicht spurlos an ihr vorüber gegangen.

Heute Abend jedoch würde sie sich nicht von alledem beeinflussen lassen.

Carson wartete schon auf sie, als sie vorfuhr. Er begrüßte sie, als wäre es ein vollkommen normaler Abend, und sie war dankbar dafür. Sie öffnete die Türen des Kleinlasters, den sie gemietet hatte, und als er das Himmelbett sah, lachte er.

„Was ist so lustig?", fragte sie überrascht.

„Es ist ein echtes Prinzessinnenbett. Diese Pfostendinger sind für diesen durchsichtigen Stoff, den

Sie neulich gekauft haben, oder? Ich bin kein Profi in so was, aber ich bin mir sicher, dass ihr das gefallen wird."

Zufrieden lächelte sie. „Ja genau, der Stoff kommt da drüber. Ist April hier oder bei ihrem Babysitter?"

„Sie ist im Haus. Sie ist damit beschäftigt, ihre Spielzeugkiste auszusortieren. Ich habe ihr gesagt, dass sie auf Sie warten soll, aber sie wollte Ihnen unbedingt helfen, indem sie ihre Spielsachen organisiert. Ich muss zugeben, Ihre Spielzeugkiste ist ein einziges Chaos."

„Das ist okay. Ich finde es großartig, dass sie die Initiative ergreift. Wie sieht der Zeitplan für heute aus? Ich weiß, dass Sie zu einer bestimmten Zeit bei der Auktion sein müssen – wie viel Zeit haben wir zu arbeiten, wir uns fertigmachen müssen? Und haben Sie mir ein Zimmer gebucht?"

„Das habe ich. Sally war begeistert, dass Sie bei ihr übernachten. Sie hat gesagt, dass Sie Ihnen am Morgen ein leckeres Frühstück zaubern wird, und falls wir heute Abend nach elf kommen, lässt sie Ihnen den Schlüssel unter einem Blumentopf neben der Tür. Sie sagt, Sie sollen sich wie zu Hause fühlen, falls sie nicht da ist. Ihr Zimmer ist die Nummer zwei oben im ersten Stock. Und was den Zeitplan angeht, wir können bis drei Uhr arbeiten. Wir müssen gegen halb sechs da sein, wenn wir um drei aufhören, sollten wir also genug Zeit zum Umziehen haben. Bis nach Ransom Creek rüber sind es vierzig Minuten. Oder brauchen Sie mehr Zeit, um sich frischzumachen?"

„Das ist mehr als genug Zeit für mich", lachte sie. „Ich freue mich richtig darauf, in der Pension zu übernachten. Die ist so süß, und Sally Ann ist so stolz darauf. So eine Pension zu besitzen wäre schön."

„Klingt, als wäre das perfekt für Sie. Ich könnte mir gut vorstellen, dass Sie so einen Laden führen. Ich wette, Sie können gut kochen und tun es gerne."

„Wie kommen Sie darauf, dass ich kochen kann?"

„Sie dekorieren gern. Sie lieben alles, was ein Zuhause behaglich macht. Ich kann mir gut vorstellen, wie es wäre, wenn jemand in Ihre Pension käme. Ich habe nur so eine Ahnung, dass sie gerne kochen und backen. Nicht, dass Frauen, die nicht kochen oder backen, automatisch schlechte Hausfrauen sind.

Manche Leute haben ein Talent dazu, andere eben nicht. Bin ich jetzt in ein Fettnäpfchen getreten?"

„Nein, da bin ich ganz derselben Meinung. Und ich koche und backe wirklich gerne. Aber ich habe Freundinnen, die sind ganz fantastische Mütter und Hausfrauen, doch kochen und backen ist nicht gerade ihre Lieblingsbeschäftigung." Sie lachte. „Frauen von der Sorte heiraten normalerweise Männer, die das gerne tun."

„Mir macht es Spaß, und als alleinerziehender Vater ist es schon wichtig, dass man kochen kann.

„Das kann ich mir vorstellen."

„Soll ich das Bett reinbringen und aufstellen, damit wir am Wochenende loslegen können? Wir haben die anderen Möbel heute Morgen reingebracht, und es sieht schon richtig gut aus."

„Ich freu mich schon auf das Ergebnis. Hier, nehmen Sie das Kopfbrett, ich nehme das Fußbrett."

„Ich kann das nehmen. Ich will nicht, dass Sie sich noch mal wehtun. Oh, und wo wir gerade davon sprechen, ist Ihr Fuß wieder soweit okay?"

„Mein Fuß ist okay, tut ab und zu noch ein

bisschen weh, aber ist nicht schlimm."

Sie fand es schön, dass er ihren Fuß nicht vergessen hatte und dass er sich offensichtlich Sorgen darum machte. Nicht, dass sie ein Hypochonder war, doch es war schön zu wissen, dass jemand an sie dachte. Es war so lange her, seit das zum letzten Mal passiert war.

April hörte sie kommen und hüpfte vor Freude, als sie ins Zimmer kamen. Sie rannte zu Bella und schlang ihre Arme um ihre Taille. „Mein Zimmer ist so bezaubernd!"

Das kleine Mädchen benutzte große Worte, doch Bella konnte ihr nur zustimmen. Das Karussellpferd stand vor dem Fenster, damit April so tun konnte, als reite sie über die Weide. Der Kleiderschrank stand diagonal vor einer Raumecke und passte perfekt – genau so, wie sie es Carson versprochen hatte. Aprils altes Bett hatte er heute Morgen schon abgebaut, und die Matratze und der Lattenrost lehnten an der Wand.

„Es sieht schon toll aus. Jetzt lass uns dein Bett zusammenbauen und richtig loslegen."

„Oh, ich liebe es, Bella. Es ist so schön."

„Ich liebe es auch", sagte Carson, dann gingen sie hinaus und holten die restlichen Teile des Betts.

Sie hatten Spaß beim Zusammenbauen des Betts, und nachdem auch Lattenrost und Matratze an Ort und Stelle waren, bezog sie das Bett frisch und drapierte die Kissen darauf.

Und plötzlich fing der Raum an so auszusehen, wie Bella ihn sich vorgestellt hatte. April war überglücklich. Bella sah Carson und musste lächeln. Sie war begeistert von allem, was sie zusammen geschafft hatten.

„Haben Sie eine Trittleiter? Ich brauche eine, um dem Bett noch den letzten Schliff zu geben."

„Ja, ich bringe sie Ihnen gleich. April, tu dir nicht weh, wenn du so auf dem Bett rumspringst."

„Mach ich schon nicht. Oh, ich muss mein Prinzessinnenkleid anziehen."

Beide blickten ihr nach, als sie zu ihrem Kleiderschrank rannte.

„Ich nehme an, sie hat mehr als ein Prinzessinnenkostüm da drin?"

„Und ob. Und in der Kiste da drüben sind noch

mehr Kostüme. Ihre Onkels schenken ihr zu jeder Gelegenheit welche. Sie wissen nie, was sie ihr schenken sollen, doch sie wissen, dass sie sich gerne verkleidet, darum bekommt sie Kostüme. Und weil keiner von den anderen übertroffen werden will, bekommt sie sie von allen. Und mit fünf Onkels plus meinem Onkel Marcus können Sie sich ja vorstellen, was das heißt."

„Mir gefällt der Gedanke, dass diese großen, starken Cowboys in einen Laden marschieren, um Prinzessinnenkleider zu kaufen."

Er lachte. „So, wie als ich dieses rosa Schmetterling-Ding gekauft habe?"

„Genau. Das war süß."

„Ta-da!", rief April, als sie in einem blauen Prinzessinnenkleid aus ihrem begehbaren Kleiderschrank gehüpft kam. „Ich bin die schönste Prinzessin auf der ganzen Welt."

Sie drehte sich und ließ den Rock fliegen. Dann zog sie ihn hoch und kletterte auf ihr Karussellpferd. „Ich reite auf meinem Pony, um meine Untertanen vor der bösen Königin zu retten."

Bella holte ihr Handy aus der Tasche und knipste ein Foto. Sie konnte nicht anders.

„Meine Prinzessin, die Heldin", sagte Carson. „Ich gehe schnell Ihre Trittleiter holen."

Glücklich kramte Bella durch eine der Tüten und holte ein paar billige Glitzerarmreifen hervor, dann fing sie an, den hauchzarten Stoff durch die Armreifen zu fädeln. Als Carson mit der Trittleiter zurückkehrte, kletterte sie hinauf und steckte einen der Armreifen auf jeden der Bettpfosten. Der gedrechselte Abschluss verhinderte, dass die Armreifen hinunterrutschten, und so gelang es ihr, den Stoff so zu drapieren, dass er von Bettpfosten zu Bettpfosten floss und die Enden jeden der Pfosten umwehten. Bella war stolz, als das, was sie sich vorgestellt hatte, langsam Realität wurde.

April schlug sich die Hände vor den Mund und blinzelte, als sie zu dem neuen Betthimmel aufblickte. „Das ist das schönste Prinzessinnenbett der Welt!"

Mehr als diese Bemerkung und Aprils Blick hatte Bella nicht gebraucht.

Sie konnte die Gefühle, die sie mit jedem neuen

Detail des Raumes und Aprils Begeisterung darüber empfand, kaum in Worte fassen. Und Carsons Freude... Als sie das letzte Buch in einen bunten Regalwürfel schob, war sie überglücklich.

Es war das süßeste Kleinmädchenzimmer geworden, das sie je gesehen hatte.

Sie wünschte sich, von Haus zu Haus gehen und etwas so Süßes für jedes kleine Mädchen auf der Welt erschaffen zu können, doch das war natürlich nicht mehr als ein Traum, darum freute sie sich, es für April tun zu dürfen.

Nachdem sie nur eine kurze Pause gemacht hatten, um Sandwiches zu essen, waren sie gegen drei Uhr fertig. Sie rückte den Bettvorleger zurecht, stemmte die Hände in die Hüften und sah sich um.

„Wir sind fertig", flüsterte sie Carson zu.

„Und es ist perfekt", flüsterte er zurück und blickte von April auf, die auf ihrem Prinzessinnenbett in ihrem Prinzessinnenkostüm eingeschlafen war.

„Ja, das ist es", sagte Bella, und als die Emotionen, die in ihr aufwallten, sie zu überwältigen drohten, ging sie hinaus in den Flur.

Carson folgte ihr ins Wohnzimmer. Auch er sah ein bisschen emotional aus. „Bella…" Er starrte seine Stiefel an, und nach ein paar Sekunden hob er den Blick und sah ihr in die Augen. „Ich bin sprachlos. Das ist fantastisch, doch für meine Kleine ist es noch viel mehr." Dann umarmte er sie. „Tut mir leid, ich kann nicht anders. Danke", sagte er, bevor er sie auf den Kopf küsste. „Was Sie für mein Kind getan haben, macht mich zum glücklichsten Mann auf Erden."

Dann ließ er sie los. „Wenn Sie sich fertigmachen wollen, das Gästezimmer und das Bad sind neben Aprils Zimmer. Da können Sie sich umziehen. Wir müssen erst um halb fünf los, darum müssen Sie sich nicht beeilen. Entspannen Sie sich, und fühlen Sie sich wie zu Hause. Ich muss mich mit den Männern um ein paar Sachen kümmern. Dauert aber nicht lange. April schläft wahrscheinlich, bis ich sie aufwecke. Sie war ziemlich erledigt, und da es heute spät werden könnte, ist es gut, wenn sie ein bisschen vorschläft."

„Danke, dann gehe ich nur schnell meine Sachen

holen."

Gemeinsam gingen sie hinaus, und er ging hinüber zu den Scheunen. Sie blickte ihm nach und seufzte. Wenn sie die Nacht überstand, ohne ihn zu küssen, wäre das ein Wunder. Sie musste einen Weg finden, die Distanz zwischen ihnen zu wahren, oder er würde ihre Schutzmauern einreißen und ihr Herz stehlen.

Oder hatte er das schon?

KAPITEL ZWÖLF

„Wir freuen uns alle, dass Sie mit Carson mitgekommen sind." Marcus Presley legte eine Hand auf Carsons Schulter und lächelte Bella an. „Er ist mein Neffe, aber ich liebe ihn wie einen Sohn, und ich bin stolz zu sehen, dass er ein Date hat." Marcus schmunzelte, dann wurde er ernst. „Wirklich, ich bin froh, dass Sie hier sind, und ich ziehe ihn nur auf. Ich hoffe, Sie bleiben für den Tanz."

„Danke und ja, ich bleibe. April wollte, dass ich komme."

Marcus neigte den Kopf. „Wollen Sie mir damit

etwas sagen, dass Carson nicht wollte, dass Sie kommen?"

Carson wollte sich unter einen Felsen verkriechen. Doch sein Onkel liebte ihn, und er wusste, dass er wollte, dass Carson über die Scheidung hinweg kam. Er wusste nur nicht, wie dünn das Eis war, auf dem er sich mit Bella bewegte.

Er ermahnte sich, sie nicht zu verschrecken, nur, weil es keine Regeln gab. Doch er hatte das Bedürfnis, sie wieder in seinen Armen zu spüren, und es fraß ihn auf. Als er sie am Nachmittag umarmt hatte, war es eine spontane Reaktion gewesen, weil er so überwältigt war von Aprils Reaktion auf ihr neues Zimmer. Er hatte jedes bisschen Willenskraft zusammenkratzen müssen, um Bella nur auf den Kopf zu küssen. Wie sehr hatte er ihre süßen Lippen küssen wollen. Es nicht zu tun, war ihm schwer gefallen. *Wirklich schwer.*

„Er wollte auch, dass ich komme", beantwortete Bella Marcus' Frage. „Aber April war die ausschlaggebende Kraft."

Marcus musste lachen. „Ich verstehe. Die beiden

gibt es nur im Paket – nur zu Ihrer Information."

Zeit, einzuschreiten. „Onkel Marcus, hast du nicht was zu tun?"

„Wink mit dem Zaunpfahl, schon verstanden. Ja, ich muss los. War schön, Sie zu sehen, Bella. Viel Spaß heute Abend. Besitzen Sie eigentlich auch Vieh?", fragte er, nachdem er ein paar Schritte gegangen war.

„Oh nein. Ich habe versucht, Carson dabei zu helfen, eine ausgebüchste Kuh wieder hinter den Zaun zu bringen, und mein Versuch war nicht gerade elegant. Ich bin aus Fort Worth und habe keine Ahnung von Vieh."

„Na, dann ist Carson der Richtige, um Ihnen alles zu erklären – Carson kennt sich mit Vieh aus. Bis später."

„Gott, tut mir leid, dass ich vergessen habe, Ihnen zu sagen, dass Onkel Marcus unbedingt will, dass ich wieder anfange zu daten. Seitdem meine Ehe in die Brüche gegangen ist, bin ich auf kein Date mehr gegangen. Dass Sie heute mit mir hier sind, dürfte meine Familie daher begeistern."

„Ich verstehe. Und dass Sie nicht gedatet haben, verstehe ich auch. Ich hatte auch keine Lust darauf, aber darauf sind sie wegen meiner Regeln sicher schon selbst gekommen."

„Ich dachte mir so was in der Art." Er wollte sie fragen, was passiert war, und wollte es tun, bevor der Abend vorüber war. Doch er wollte sie nicht gleich zu sehr drängen. Cooper und April kamen aus der Scheune. Cooper hatte sie schon begrüßt, als sie auf den Hof gefahren waren, und April mitgenommen, um ihr die Katzenjungen in der Scheune zu zeigen. Carson hatte ein ungutes Gefühl, was diese Kätzchen anging. Er fürchtete, dass sein Cousin ihm eins aufs Auge drücken wollte.

„Daddy, kann ich ein Kätzchen haben? Die sind so süß. Onkel Cooper sagt, wir können eins mitnehmen, wenn sie alt genug sind."

Cooper grinste und imitierte April. „Die sind wirklich süß."

Bella verkniff sich ein Lächeln, da sie wusste, dass Carson nicht Nein sagen konnte.

„Ja, du kannst ein Kätzchen haben", sagte er und

bekam zum Dank ein Lächeln von Bella und April.

Cooper gab April ein High Five, dann sah er Bella an. „Reservieren Sie bitte einen Tanz für mich, ja? Jetzt muss ich zurück an die Arbeit."

„Er bringt mich in Schwierigkeiten, und dann reitet er in den Sonnenuntergang. Richtig ist das nicht." Carson zwinkerte Bella zu.

„Das war eine gute Entscheidung, Daddy."

„Ja, das war es", nickte Bella.

„Ich kann nicht Nein sagen, und das wisst ihr beide."

Sie lachten. Er nickte in Richtung des großen Zelts, das in der Nähe einer der Scheunen aufgebaut war. „Da sind die Bullen. Sie haben Boxen aufgebaut und das Zelt, damit sie nicht in der Sonne stehen müssen. Wollen Sie sie sich ansehen?"

„Sicher. Das hier fasziniert mich. Ich hätte nicht gedacht, dass die Auktion so groß und so gut besucht ist."

„Onkel Marcus veranstaltet jedes Jahr eine. Ist eine große Sache hier in der Gegend." Er ging ihnen voraus zum Zelt. Drinnen waren auf beiden Seiten um einen breiten Mittelgang herum Boxen angeordnet. „Wenn sie einen Bullen präsentieren, sperren sie das Ende des Ganges ab und öffnen die Box des Bullen. Dann treiben sie ihn ans Ende des Ganges zum großen Pferch in der Scheune, wo die Auktion stattfindet."

„Ich hatte keine Ahnung, wie das abläuft."

„Ja, wenn ich einen Bullen kaufen will, will ich ihn in Bewegung sehen, bevor ich eine Kaufentscheidung treffe."

„Oh ja, das ergibt Sinn."

„Die hier sind alle top Qualität. Wenn man züchten will, hängt alles davon ab, wie gut der Bulle ist und natürlich die Färse. Das ist der, den ich verkaufe. Ich bin ziemlich stolz auf ihn."

„Er ist hübsch. Ist es okay, einen Bullen als hübsch zu bezeichnen?"

„Sie können ihn so bezeichnen, wie Sie wollen."

„Daddy, können wir Bella jetzt die Mustangs zeigen?"

„Klar, das hatte ich sowieso vor. Haben Sie Lust?"

„Oh ja, gerne."

„Dann auf geht's." Er ging neben ihr her.

Heute Abend sah sie schön aus. Ihre Haare fielen ihr über die Schultern auf eine hübsche orangefarbene Bluse. Dazu trug sie Jeans. Er konnte den süßen Duft ihrer Haare riechen und musste immer wieder daran denken, wie es sich anfühlen würde, mit den Fingern durch ihre Haare zu streichen. Und er wollte ihre Lippen küssen, nicht ihre Haare, wie er es am Nachmittag getan hatte.

Doch das tat er nicht. Jetzt war nicht die rechte Zeit, sie zu drängen.

Sie strich sich die Haare hinters Ohr und lächelte ihn an. „Ich freue mich auf die Mustangs. Ich finde es schön, dass Marcus einen Platz für wenigstens ein paar von ihnen hat."

„Ja, wie schon gesagt, ich hätte auch gerne Platz für eine Herde, aber meine Ranch ist nicht so groß. Ich kann nur ein paar aufnehmen. Ich nehme sie, wenn Shane oder Vance sie trainiert haben, und reite sie zum Viehtreiben."

„Das ist doch schonmal was."

„Und ich bekomme auch ein Pony. Du kannst ihn dir ansehen, wenn wir zurückkommen. Sie trainieren ihn ganz besonders gut für mich." April hüpfte gut gelaunt voraus.

„Sie ist so aufgeregt wegen des Pferdes. Doch es muss erst einmal gut zugeritten werden, bevor ich sie auch nur in die Nähe lasse."

„Da haben Sie natürlich Recht. Mir gefällt, dass sie sich so um sie sorgen. Wenn ich eine Tochter hätte, würde ich das genauso machen."

„April, mach langsam und warte auf uns!", rief er, als April den Ausgang des Zelts erreichte.

„Okay, beeilt euch!", rief sie.

„Immer langsam, junge Dame", sagte er. „Sonst wickelst du mich vielleicht um den Finger, aber wenn es um deine Sicherheit geht, erwarte ich, dass du auf mich hörst."

„Okay, Daddy."

„Sie sind ein guter Vater, Carson."

„Danke, ich versuche es zumindest." *Bella wäre eine gute Mutter. Die Frage war, warum sie nicht schon eine war. Wer hatte sie so verletzt, dass sie sogar Angst hatte, auf ein Date zu gehen?*

Er wusste es nicht, doch er hatte vor, es

herauszufinden.

Die Pferde waren geradezu majestätisch schön. Bella beobachtete, wie sie als Herde über die Weide ritten. Sie waren wirklich atemberaubend. Bella sah begeistert zu, wie sie in das Tal hinunter liefen. Ein wunderschöner schwarzer Mustang mit wehender Mähne führte die Herde auf einen großen Teich zu. Eine riesige Staubwolke folgte ihnen, aufgewirbelt von ihren donnernden Hufen. Als sie den Teich erreichten, verteilten sie sich und begannen zu trinken.

„Das ist wahnsinnig schön."

„Ich liebe es, ihnen zuzusehen." April hockte auf der Konsole zwischen Bella und Carson und beugte sich vor, um die Pferde durch die Windschutzscheibe des Trucks zu beobachten.

„Ich auch", stimmte Bella zu. „Wie kommen sie hierher? Kauft er sie?"

„Er sponsort sie", erklärte Carson. „Es gibt Organisationen, die retten gefährdete Wildpferde, und dann brauchen sie ein Zuhause für sie. Sie nehmen so viele auf, wie sie können, und versuchen, einen Platz für die anderen zu finden."

„Das ist wunderbar. Marcus scheint wirklich großartig zu sein."

„Das ist er. Seinen Lebensunterhalt verdient er mit dem Vieh, doch um Mustangs zu retten, ist er bereit, wertvolles Land aufzugeben, das er für sein Vieh benutzen könnte."

„Das bewundere ich wirklich."

„Mein Pony ist eins von ihnen. Er ist so schön", sagte April. „Ich nenne ihn Goldie, weil er goldenes Fell hat. Er ist schön. Wenn wir zurück sind, zeige ich ihn dir und die Kätzchen auch. Ich hoffe, dass ich mein Pony bald mit nach Hause nehmen darf."

„Ich kann's kaum erwarten, ihn zu sehen, und die Kätzchen auch. Und ich hoffe natürlich auch, dass du Goldie bald mit nach Hause nehmen kannst, aber dein Daddy will sichergehen, dass dein Pony gut trainiert ist."

„Ich weiß. Er hat mich lieb."

„Und wie." Er umarmte sie und drückte ihr einen Kuss auf die Wange. „Und jetzt setz dich bitte wieder auf deinen Platz, damit wir zurückfahren können. Ich glaube, mein Bulle ist in der ersten Runde dran, darum möchte ich wieder zurück sein, wenn die Auktion anfängt."

„Danke, dass Sie mir die Mustangs gezeigt haben." Bella beobachtete amüsiert ein paar Junghengste, die am Rand des Wassers herumtollten.

Nachdem April wieder auf den Rücksitz geklettert war und den Gurt angelegt hatte, fuhren sie über die holprige Weide zurück auf die gekieste Piste, die die Ranch durchzog.

Die Presley-Ranch war tausende Morgen groß und wunderschön. Bella war wirklich beeindruckt von Carsons Cousins – und von Carson natürlich auch. Es waren gute Männer, die hart arbeiteten.

Sie spürte, dass sein Onkel und seine Cousins sich seit seiner Scheidung Sorgen um ihn machten. Doch dass er seit der Scheidung mit niemandem ausgegangen war, überraschte sie. Beide hatten ein tiefes Trauma erlebt, doch sie kannte andere Leute, die es schnell überwunden hatten. Die meisten lebten ihr Leben weiter, sie waren widerstandsfähig.

War sie nicht widerstandsfähig? Texaner waren aus hartem Holz geschnitzt. *Sie war Texanerin, was stimmte also nicht mit ihr?*

Es lag daran, dass es sie zweimal hintereinander getroffen hatte. Einmal war ein harter Schlag, aber zweimal? Doch langsam kam sie wieder auf die Beine. Jetzt wusste sie, dass sie es wollte.

Aller guten Dinge sind drei, dachte sie. Carson war anders als jeder andere Mann, mit dem sie je ausgegangen war. Sie kannte ihn jetzt seit etwas mehr als einer Woche, und er war so ganz anders als der Mann, den sie beinahe geheiratet hätte. Anders als Ashton, der dann ihre Schwester geheiratet hatte.

Als sie den Parkplatz erreichten und sich auf den Weg zur Scheune machten, beugte er sich zu ihr hinüber. „Sind Sie okay?", fragte er leise, damit April es nicht hörte.

„Jaja, ich hab nur gerade an was denken müssen."

„Das muss Sie ziemlich beschäftigt haben. Ich hoffe, Sie bereuen es nicht, dass Sie mit uns gekommen sind."

„Du bereust es doch nicht, oder?", fragte April.

So viel zum Thema diskrete Unterhaltung.

„Nein, Honey. Ich bereue es nicht. Es macht mir

wirklich Spaß, Zeit mit euch zu verbringen – mit euch beiden. Mir ist gerade erst bewusst geworden, wie dringend ich mal raus gemusst habe. Danke, dass ihr mich eingeladen habt."

Sie sah April an, die sie herzzerreißend süß anlächelte.

„Gern geschehen. Wir wollten, dass du mitkommst. Und ich bin froh, dass du mitgekommen bist."

„Na, da bin ich auch froh. Das macht mich glücklich."

„Mich auch", sagte Carson.

Sie musste ihn nicht ansehen, um zu wissen, dass er es ernst meinte.

KAPITEL DREIZEHN

Carson hatte sich noch nie so sehr auf das Ende einer Auktion gefreut und darauf, dass der Tanz endlich anfangen würde, wie als er mit Bella und April auf der Tribüne saß und einen Bullen nach dem anderen betrachtete. Er genoss es, Zeit mit Bella zu verbringen, und er wusste, dass jeder Moment kostbar war, denn er hatte das Gefühl, dass die Zeit raste.

Er sah Drake die Treppe der Tribüne hinauf kommen und winkte.

„Hey, da seid ihr ja", sagte Drake. „Ich bin gekommen, um zu sehen, ob April mir und Dad am

Auktionsstand helfen will. Was hältst du davon, April?"

„Darf ich Daddy? Bitte?", bettelte sie.

Carson nickte, auch wenn er sich ein bisschen schuldig fühlte. „Natürlich, geh und hab Spaß. Aber hör auf deinen Onkel."

„Mach ich." April umarmte ihn, dann nahm sie Drakes Hand.

„So könnt ihr zwei euch entspannen und den Abend genießen, während ich Zeit mit meiner Nichte verbringe. Wir sehen euch später auf dem Tanz."

„Du musst dich um Bella kümmern, Daddy", sagte April.

„Das werde ich. Und später reservierst du mir einen Tanz, ja?"

Sie kicherte. „Versprochen."

Er blickte ihr nach, als sie an Drakes Hand davon marschierte. Seine kleine Tochter war wirklich ein Segen. „Kinder sind ein Gottesgeschenk."

„Ja, das sind sie. Sie vergöttert Sie."

Er schmunzelte und hielt seinen kleinen Finger hoch. „Und sie hat mich ganz fest um ihren kleinen

Finger gewickelt."

Bella lächelte, und ihre Augen wurden weich. „Ja, das hat sie. Aber sie weiß sich zu benehmen, zeigt Respekt und ist ein liebes Mädchen. Ich glaube, das spricht für die Tatsache, dass Sie wissen, wann Sie nein sagen und ihr in ihrem eigenen Interesse Grenzen setzen müssen."

„Ich versuche es. Danke, dass Sie es bemerkt haben."

„Das ist mir gleich aufgefallen."

„Haben Sie es ernst gemeint, als Sie vorhin gesagt haben, dass Sie froh sind, dass Sie mit uns gekommen sind?" Sie saßen dicht beieinander auf der Tribüne und waren noch dichter zusammen gerutscht, um sich besser unterhalten zu können. So dicht, dass sich ihre Schultern berührten.

„Das habe ich."

Ihre Worte gaben ihm Hoffnung. „Da bin ich froh. Haben Sie Lust, spazieren zu gehen?"

Sie sah ihn an, als gefiele ihr die Idee, doch sie zögerte, und er fürchtete schon, dass sie Nein sagen würde. Er spannte sich an, wartete und hatte das

Gefühl, der Situation nicht gewachsen zu sein.

„Das wäre schön", sagte sie schließlich mit einem Lächeln, bei dem sein Herz einen Sprung machte.

Er war erleichtert. Vielleicht war er der Situation wirklich nicht gewachsen, doch in diesem Augenblick war ihm das egal. Nein, er fühlte sich gut, als er aufstand und ihr die Hand anbot. Als sie sie ergriff wollte er es von den Dächern schreien – und dabei war er sonst überaus zurückhaltend.

Er führte sie nach draußen in die Sonne und genoss es, ihre Hand in seiner zu spüren. Er hielt sie weiter fest, während er sie um die Reitarena führte. Da erwartete er weniger Leute, da die meisten hier waren, um sich die Bullen anzusehen. Er ging davon aus, dass Bella ihre Hand wegziehen würde, wenn sie sie zurück wollte, doch solange sie das nicht tat, würde er sie festhalten.

Sie gingen an einem weiteren Zelt gegenüber dem Parkplatz vorbei, in dem das Personal der Cateringfirma mit dem Aufbauen beschäftigt war. „Da drin findet der Tanz statt und das Abendessen", sagte er mit einem Nicken in die grobe Richtung.

„Traditionelles Texas BBQ."

„Natürlich", sagte sie. „Marcus kommt mir eher traditionell vor, da passt ein Texas BBQ perfekt."

„Genau. Es wird fantastisch, das kann ich Ihnen jetzt schon versprechen."

„Das glaube ich gern. Wo gehen wir eigentlich hin?", fragte sie, als er weiterging.

„Wo es etwas ruhiger ist. Ich hoffe, das macht Ihnen nichts aus?"

„Überhaupt nicht. Kann ich Sie was fragen? Ich meine, nachdem wir uns einig sind, heute Abend unsere Schutzwälle runterzunehmen."

„Natürlich. Fragen Sie nur."

„Ich bin neugierig, was mit Ihrer Frau passiert ist. Sie haben gesagt, dass Sie mit ihrem Filmstar-Ehemann durch die Weltgeschichte reist. Ich kann mir nicht vorstellen, ein so süßes kleines Mädchen zu haben und es nicht um sich haben zu wollen. Selbst wenn es Differenzen zwischen Ihnen beiden gibt, kann ich nicht verstehen, warum sie nicht für April da ist. Und April erwähnt sie kaum. Warum hat sie sie so verlassen?"

Er hatte gewusst, dass sie auch Fragen stellen würde, wenn er welche stellte, doch er hatte nicht damit gerechnet, dass Sie damit anfangen würde. Vielleicht war das ein gutes Zeichen. „Wenn ich ehrlich bin, bin ich mir nicht sicher, was in unserer Ehe schief gegangen ist. Sie hat gesagt, dass sie mich einfach nicht mehr liebt. Als Ehemann hatte ich darum das Gefühl, dass ich sie irgendwie enttäuscht habe." Er ging langsamer. Er hatte das Bedürfnis, offen mit ihr zu reden. „Ich dachte, zwischen uns liefe alles gut. Doch dann hat Missy mir gesagt, dass sie nicht glücklich war und eine Auszeit brauchte. Eines Abends, als ich vom Viehtrieb nach Hause gekommen bin, hat sie mit gepackten Koffern dagestanden, ein Ticket in der Hand, und hat erklärt, dass sie zu einer Freundin in Hollywood ziehen würde. Ich hatte immer noch meine staubigen Klamotten an, als sie mir April in den Arm gedrückt hat. Dann ist sie ins Auto eingestiegen und fortgefahren. Sie ist nie zurückgekommen. April war drei."

„Oh, Carson", flüsterte Bella.

„Ja. Nicht viel später hat sie auf einer Party einen

Filmstar kennengelernt, und plötzlich schickt sie mir die Scheidungspapiere. Sie war da schon mit ihm in Paris bei den Dreharbeiten zu seinem neusten Film. Ich habe die Papiere unterschrieben unter der einen Bedingung, dass ich das alleinige Sorgerecht für April bekomme. Das aufzugeben ist Missy leider nicht schwergefallen, denn offensichtlich wollte sie keinen *Ballast* in ihrem neuen Leben haben."

Sie gingen an den letzten Pferchen vorbei und dann einen Pfad entlang, der auf die Weiden führte. Sie hielt immer noch seine Hand, und er war froh darüber. „Um ehrlich zu sein, und das ist das Traurige daran – es hat mir mehr wehgetan, dass sie April nicht sehen wollte, als dass sie mich verlassen hat. Ich bin Rancher. Ich arbeite viel und war ihr vielleicht kein guter Ehemann. Es belastet mich, dass ich vielleicht der Grund bin, weswegen Aprils Mutter nicht in ihrem Leben ist. Doch das bin ich nun einmal – ein Rancher, und für Cowboys sind die Tage manchmal lang. Ich dachte, sie hätte das verstanden, als sie mich geheiratet hat. Doch es hat nicht gehalten. Ich habe mich immer wieder gefragt, was ich hätte anders machen können.

Doch ich bin mir nicht sicher, ob irgendetwas meine Ehe hätte retten können."

Bella blieb stehen. „Ich kann Ihnen sagen, wenn Sie als Ehemann auch nur halb so gut sind wie als Vater, dann waren Sie ein guter Ehemann. Sie sind ein wunderbarer Dad. Das ist mir die ganze Woche aufgefallen."

Ihre Worte berührten ihn tief. „Danke, dass Sie das sagen. Ich empfinde nichts mehr für meine Exfrau und sie auch nicht mehr für mich. Doch April hat fast keine Erinnerungen an ihre Mom. Sie war so jung, und ihre Erinnerungen an sie verblassen, darum redet sie nicht viel über sie. Für sie hat sich von einem Moment auf den anderen alles geändert. Im einen Moment hatte sie noch eine Mutter, im anderen nicht mehr. Sie hat lange um sie getrauert. Ich habe sie viele Nächte weinen hören müssen. Sie wissen nicht, wie schwer es ist, ein kleines Mädchen in den Armen zu halten, das nach seiner Mutter weint, und man kann nichts tun, um ihr zu helfen. Es war mein Job, meine Familie zusammenzuhalten, und ich habe versagt. Um ehrlich zu sein, das ist der Hauptgrund, warum ich niemanden gedatet habe. Ich kann nicht dauernd neue Frauen in Aprils Leben bringen. Sie könnte eine von ihnen lieb gewinnen, und dann funktioniert es nicht zwischen mir und ihr, und sie verliert schon wieder eine Frau in ihrem Leben. Ich habe es einfach nicht riskieren können. Ganz zu schweigen davon, dass ich sowieso kein Bedürfnis hatte, mich wieder in die Datingwelt zu stürzen."

„Das kann ich verstehen. Sie wollen April nicht verwirren, und Sie kommen mir nicht vor wie jemand, der wild drauf los datet. Ich glaube, Sie würden eine Frau daten, die Sie für einen guten Menschen halten und die eine gute Mutter wäre, wenn es zwischen Ihnen funktionieren sollte."

Er nickte und sah sie an. „Da haben Sie vollkommen Recht. Bis jetzt habe ich diese Frau nicht gefunden. Ich habe nicht einmal den Wunsch verspürt, nach ihr zu suchen. Aber, Bella, als Sie am ersten Tag meine Auffahrt hinauf gekommen sind, haben Sie mein Interesse geweckt, und es ist nur gewachsen, während ich Sie diese Woche kennengelernt habe."

Sie holte scharf Luft. „Carson, ich bin mir nicht

sicher–"

„Warten Sie – treten Sie bitte noch nicht auf die Bremse. Ich bin nur ehrlich über das, was ich empfinde, weil mir bewusst ist, dass ich Ihren Regeln zugestimmt habe. Heute Abend gelten diese Regeln nicht, und mir ist auch bewusst, dass diese Zeit abläuft. Und ich habe nicht viel Zeit mit Ihnen allein, bis April zurückkommt."

Sie kicherte, und er zog verwirrt die Brauen hoch. „Warum kichern Sie?"

„Weil das hier wie Aschenputtel ist. Wenn die Turmuhr zwölf schlägt ist alles wieder so, wie es vorher war."

„Das sind Ihre Regeln. Ich will nur meine Zeit vernünftig nutzen. Und für einen guten Zweck, glaube ich."

Sie hatten das Tor erreicht, das das Vieh davon abhielt, von der Weide auf den Pfad zu gehen, und blieben stehen, um den Tieren beim Grasen zuzusehen. Am Horizont ging die Sonne unter, und die wenigen Wolken am Himmel sorgten für ein spektakuläres Farbenspiel.

Bella drehte sich zu ihm um und lehnte sich gegen den Zaun. Sie sah hübsch aus mit dem Sonnenuntergang hinter sich, so hübsch, dass er sich wünschte, er hätte eine Kamera dabei.

Wie sehr er sie in diesem Moment in seine Arme nehmen wollte.

„Was Sie sagen schmeichelt mir, wirklich. Aber, Carson, ich habe Angst. Das ist die Wahrheit. Ich rede mir immer wieder gut zu, dass es Zeit ist, darüber hinweg zu kommen; aufzuhören, mich von meiner Vergangenheit kontrollieren zu lassen. Das habe ich nie getan, bis ich Ihnen und April begegnet bin. Ich weiß, dass Sie ein guter Mann sind, aber ich … ich habe Angst."

Er trat einen Schritt auf sie zu. „Bitte erzähl mir, was dir passiert ist. Vertrau mir zumindest damit."

Ihre Augen wurden feucht, und sie senkte den Blick.

Er legte seine Finger unter ihr Kinn. „Ich werde dir nicht wehtun. Selbst wenn es zwischen uns nicht sein soll, sprich mit mir. Vielleicht hilft es dir."

Bella blickte zu Carson auf. Er hatte sich ihr

gegenüber geöffnet, und sie wollte dasselbe tun. „Ich bin zweimal fast zum Altar gegangen. An das erste Mal denke ich kaum noch. Nachdem er um meine Hand angehalten hat und ich ja gesagt habe, ist er zu dem Schluss gekommen, dass er noch nicht bereit war. Er hat Schluss gemacht, direkt nach dem Polterabend. Sie … du kannst dir nicht vorstellen, wie peinlich es war, die Geschenke zurückschicken und alles absagen zu müssen. Es war hart, aber ich bin darüber hinweggekommen. Dann, etwa ein Jahr später, bin ich Ashton begegnet, und er hat mein Herz im Sturm erobert. Er war perfekt und hat genau zum richtigen Zeitpunkt das Richtige gesagt. Ich habe mich in ihn verliebt. Vielleicht war es eine Trotzreaktion, ich weiß es nicht. Er hat die Hochzeit nicht am Polterabend abgesagt, er hat bis zu dem Tag gewartet, an dem wir heiraten wollten. Er ist mit meiner Schwester durchgebrannt und hat sie in Vegas geheiratet. An unserem geplanten Hochzeitstag. Sie haben es mir nicht einmal gesagt. Ich habe es ein paar Stunden vor der Kirche erfahren, als meine Schwester meine Mom angerufen hat."

„Was für ein Mistkerl."

Sie lächelte. „Ja. Dieses Fiasko habe ich noch nicht überwunden. Es war eine unglaubliche Demütigung, doch viel schlimmer ist, dass er jetzt mein Schwager ist. Und meine Mutter, die ich über alles liebe, sitzt zwischen den Stühlen. Sie versucht verzweifelt, die Familie zusammenzuhalten. Sie hat ja nur noch mich und meine Schwester. Mein Dad ist gestorben, als ich noch ganz klein war, und ich kann mich kaum noch an ihn erinnern. Darum kann ich verstehen, dass April mit der Zeit ihre Mutter vergisst. Ich würde mich gerne an ihn erinnern, doch ich war so jung. Aber meine Mom ist großartig, und ich liebe sie sehr. Sie hat genug gelitten. Und jetzt habe ich das Gefühl, dass ich ihr wehtue."

„Das mit deinem Dad tut mir leid. Aber wie kommst du darauf, dass du deiner Mom wehtust?"

„Sie hat nie wieder geheiratet und liebt uns über alles. Jetzt ist Ashton zwischen ihre beiden Mädchen gekommen. Ich konnte zu Weihnachten nicht nach Hause kommen, und meiner Mom hat das gar nicht gefallen. Ich hatte das Gefühl, sie im Stich zu lassen, weil ich nicht aufmarschieren und so tun konnte, als würde es mir nichts ausmachen, ihn und Emily zusammen zu sehen."

„Für mich ist das verständlich. Es wäre so, als würde ich Weihnachten mit meiner Ex und ihrem Neuen feiern. Das würde nicht passieren, auch wenn ich keine Gefühle mehr für Missy habe."

„Ich weiß, dass ich nicht so empfinden sollte, aber ich kann nicht anders. Meine Mom ist eine tolle Frau. Sie hat uns großgezogen und für uns gesorgt, und jetzt kann sie wegen ihres Schwiegersohnes ihre Familie nicht zusammen haben. Sie will es geradebiegen. Sie hat versucht, zu vermitteln. Aber ich bin noch nicht so weit. Ich bin nicht so nachsichtig. Sie hat mich gebeten, nächste Woche zu ihrem Geburtstag zu kommen und ihn mit ihm und meiner Schwester zu feiern. Wie kann ich das?" Sie schloss ihre Augen. „Tut mir leid, ich wollte mich nicht reinsteigern. Ich wollte nicht über all das reden. Ich wollte dir nur erzählen, was passiert ist, dass ich weder daten noch eine neue Beziehung will. Und irgendwie hab ich meine ganze Schmutzwäsche vor dir gewaschen."

„Das macht mir nichts aus. Hast du noch Gefühle für ihn?"

„Nein", keuchte sie empört. „Auf keinen Fall! Ich bin froh, dass wir nicht geheiratet haben. Mir ist bewusst geworden, dass er nicht das war, wofür ich ihn gehalten habe. Ich meine, der Mann, für den ich ihn gehalten habe, hätte nie getan, was er getan hat. Und das ist es, was mir solche Angst macht. Ich war unvorsichtig und habe mich in jemanden verliebt, den ich nicht einmal gekannt habe."

„Ist deine Schwester glücklich?"

„Meine Mom sagt, sie glaubt, dass sie Probleme haben. Aber ich weiß es wirklich nicht. Emily und ich haben nicht mehr miteinander geredet, seit sie mit ihm durchgebrannt ist."

„Dann möchte deine Mom ihre Party dazu benutzen, dass du und deine Schwester euch wieder vertragt?"

„Scheinbar ja. Ich weiß, meine Mom liebt mich, und ich will ihr geben, was sie möchte, aber ich glaube nicht, dass ich das kann. Ich habe es die ganze Woche verdrängt, während ich mit dem Projekt für dich und

April beschäftigt war. Ich habe so viel Spaß daran gehabt, doch jetzt wird mir bewusst, dass die Party übernächstes Wochenende ist und ich mich dazu bringen muss, hinzugehen."

Zu ihrer Überraschung zog er sie in seine Arme. Und sie ließ es zu, denn sie wollte, nein, brauchte das Gefühl des Trosts in seinem Armen. Sein Herz pochte an ihrem Ohr, als sie ihren Kopf an seine Brust schmiegte. Ihr eigenes Herz pochte im Takt mit seinem, und plötzlich konnte sie nur noch an Carson denken. Was für ein guter Mann er war.

War er zu spät in ihr Leben getreten? Hatten ihre unangenehmen Erfahrungen so tiefe Narben hinterlassen, dass sie Angst hatte, sich je wieder zu binden?

„Vielleicht glaubt deine Mom, dass es dir hilft, darüber hinweg zu kommen. Hast du es mal aus diesem Blickwinkel betrachtet?", fragte er an ihrem Ohr.

„Ich weiß, dass sie das glaubt, aber so leicht ist es einfach nicht."

„Ich verstehe dich. So ging es mir am Anfang

auch mit Missy. Ich war so verbittert über das, was sie April antat, doch dann habe ich meine Wut losgelassen … Ich bin nicht perfekt, und manchmal flackert sie wieder auf, doch ich habe ihr weitestgehend vergeben. Es ist ihr Verlust. Sie verpasst eine wunderbare Zeit mit diesem süßen Mädchen, das ich über alles liebe." Wie schon zuvor küsste er Bellas Kopf.

Die zärtliche Geste weckte tiefe Sehnsucht in Bella. Sie schlang ihre Arme um ihn und hielt ihn fest. „Du hast Recht – sie verpasst das Geschenk von Aprils Liebe."

„Und so, wie sich das anhört, ist dir ein großer Fehler erspart geblieben. Lass es los. Geh hoch erhobenen Hauptes hin und tu, was du für deine Mom tun musst. Und für dich. Meiner Meinung nach hat der Typ Mist gebaut und du bist ohne ihn besser dran. Du bist eine starke Frau, und ich bin mir sicher, dass du das für deine Mom tun kannst. Vom ersten Moment, in dem du in unsere Welt gekommen bist, bist du ein Segen für April und mich gewesen. Du hast unser Leben mit deiner aufmerksamen Art schöner gemacht. „Ich wäre dumm" – er hob den Kopf, um sie anzusehen – „Ich wäre der dümmste Mann auf Erden, wenn ich nicht versuchen würde, dein Herz zu gewinnen, wie du meines gewonnen hast. Und ich bin nicht dumm. Ich weiß, wenn ich etwas Gutes vor mir habe. Darum gebe ich jetzt alles."

Seine Worte machten Bella sprachlos. Sie konnte nicht atmen, als er ihr in die Augen sah und dann langsam seine Lippen auf ihre senkte.

KAPITEL VIERZEHN

Carson küsste Bella mit allem, was sein Herz hergab. Er wusste, dass er sich in sie verliebt hatte. Nachdem er ihre Geschichte gehört hatte, wusste er jedoch auch, dass sie nicht leicht zu überzeugen sein würde. Er musste behutsam mit ihrem lädierten Herzen umgehen. Doch als sie den Kuss erwiderte, raste sein Herz, und er küsste sie noch inniger, auch wenn er sich zurückhielt, da er sie nicht verschrecken wollte, indem er zu schnell zu viel forderte. Er hatte versprochen, dass er ihr nie wehtun würde, und wollte das Versprechen halten. Er musste langsam ihr Vertrauen und ihr Herz gewinnen.

Er musste sich dazu zwingen, doch er ließ von ihren Lippen ab und nahm zärtlich ihr Gesicht in seine Hände. „Ich mag dich wirklich, Bella, und ich will nicht, dass du davonläufst. Ich werde alles tun, was in meiner Macht steht, um für dich da zu sein. Ich will dich in meinem Leben und in Aprils Leben."

„Carson–"

„Ich verspreche dir, nicht zu schnell zu machen. Ich will nur, dass du weißt, was ich für dich empfinde." Er wollte ihr sagen, dass er sie liebte, doch sie kannten einander erst eine Woche. Wenn er es jetzt schon sagte, würde sie womöglich die Flucht ergreifen. Sie konnte nicht wissen, dass er nicht der Typ Mann war, der diese Worte leichtfertig aussprach. Und sie hatte zwei andere Männer in ihrem Leben gehabt, die offensichtlich kein Problem damit gehabt hatten.

Die Sonne ging unter, und leise Töne der Band, die im Zelt ihre Instrumente stimmte, wehten über die Weide zu ihnen.

„Ich muss es langsam angehen lassen", sagte Bella.

„Bella, du bestimmst das Tempo. Solange du mir nur eine Chance geben willst."

Sie lächelte. „Die hast du. Ich kann dir nur nichts garantieren."

„Das reicht mir. Du hast mich ja gewarnt."

Wieder küsste er zärtlich ihre Lippen. Nach dem Kuss wollte er mehr und hoffte, dass es ihr genauso ging. Dann ergriff er ihre Hand, und sie gingen durch die Schatten in Richtung Zelt.

Carson legte seine Hand auf Bellas unteren Rücken, als sie das Zelt betraten, und sah sich nach Drake und April um. Er fand sie an einem Tisch mit Cooper und Brice.

„Da sind April und die Jungs. Lass uns in die Richtung gehen. Ich hoffe, du freust dich schon auf das Gegrillte – es gibt wiedermal mehr als genug."

April kam auf sie zu gerannt und fiel Bella um den Hals, die sich bückte und sie liebevoll umarmte.

„Ich habe einen Bullen versteigert!"

„Wow." Bella ging vor April in die Hocke. „Wie hast du das gemacht?"

„Onkel Drake hat mir das Mikrofon gegeben, und

ich durfte …" Sie hielt inne und blickte nachdenklich drein. „Ich kann mich nicht mehr an die Nummer erinnern, die ich sagen durfte, doch ich habe sie gesagt, und dann hat ein Mann mit einem weißen Paddel gewinkt, und der Auktionator hat *verkauft* gerufen. Ich habe noch nie so viele Leute diese Paddeldinger wedeln sehen. Der Mann, der den Bullen gekauft hat, hat über das ganze Gesicht gelächelt. Der andere, der ihn nicht bekommen hat, sah gar nicht glücklich aus. Aber Onkel Drake hat gesagt, dass es manchmal eben so ist."

„Ja, so ist es eben manchmal, aber es ist richtig cool, dass du den Bullen ansagen durftest. Ich bin mir sicher, dass du das richtig gut gemacht hast."

„Ja, das hat er gesagt, und ich überlege, ob ich ihnen nächstes Jahr vielleicht wieder helfen werde."

„Das ist eine gute Idee. Nächstes Jahr weißt du dann auch schon, wie es geht."

April sah sie ernst an. „Genau. Und vielleicht kann ich bis dann auch richtig schnell sprechen."

Carson lachte. „Dann haben wir jetzt also einen Auktionator in der Familie."

„Ich glaube, wir haben da eine echte Rancherin, Carson." Drake sah zufrieden aus. „Sie erinnert mich stark an Lana, als sie noch ein Kind war."

Lana war Carsons Cousine und das einzige Mädchen im Presley-Clan. Sie hatte gelernt, ein toughes kleines Cowgirl zu sein, und gehörte genauso zur Ranch wie ihre Brüder – bis sie genug von deren Einmischung in ihr Liebesleben gehabt hatte und nach Windswept Bay in Florida gezogen war. Die Ironie der Sache war, dass sie sich dort in Cam Sinclair verliebt hatte, dessen Familie ein Resort auf einer kleinen Insel besaß. Doch Cam lebte auf seiner Ranch in Henderson, Texas, knapp zwei Stunden von der Presley-Ranch entfernt.

„April erinnert mich wirklich an Lana", nickte er. Er fasste es als Kompliment auf, denn Lana war eine gute Frau. „Ich kann immer noch nicht fassen, dass Lana vor euch allen geflohen ist und jetzt doch nur einen Steinwurf weit weg wohnt."

Drake zuckte mit den Schultern. „Schicksal. Ich denke, wenn man dem einen, besonderen Menschen, der für einen bestimmt ist, begegnen soll, sorgt Gott schon dafür, dass sich die Wege kreuzen, egal wo man ist."

Cooper mischte sich ein. „Ja, wenn die Zeit reif ist, läuft einem schon jemand über den Weg. Darum mache ich mir keine Sorgen darüber und sehe das mit der Liebe ganz entspannt. Ist eh zu viel Drama für meinen Geschmack. Ich date einfach und habe meinen Spaß, bis sie aufkreuzt. Und heute Abend werde ich mit jeder hübschen Lady hier tanzen." Er runzelte die Stirn. „Wenn eine Frau mich loswerden will, ist Drama genau der richtige Weg", murmelte er.

Bella schwieg, und Carson hoffte, dass sie ihren Kuss nicht bereute.

„Cooper, du hasst Drama? Das klingt so gar nicht nach dir", sagte sie dann.

Cooper schnitt eine Grimasse. „Tut mir leid, das Thema ist gerade nicht ideal. Ich hätte die Klappe halten sollen."

„Ist was passiert, seit du uns bei Sally Ann mit den Möbeln geholfen hast?", fragte Carson. Es war untypisch, dass der stets gut gelaunte Cooper so verdrossen klang. Cooper war entspannt und hatte gern seinen Spaß. „Stresst dich was?"

Brice grinste. „So ein Mädchen, mit dem er ausgegangen ist, hat ihn als flatterhaft bezeichnet."

„Oh", sagte Bella. „Das kommt mir aber nicht so vor."

„Danke", brummte Cooper. „Sie wollte eine ernsthafte Beziehung und ich nicht. Sie war nett und alles, und wir sind nur ein paarmal ausgegangen, und dann plötzlich fängt sie an, davon zu reden, was wir für ein tolles Leben zusammen haben könnten. Dass sie uns für Seelenverwandte hält … Ähm, nein. Ich habe nicht dasselbe gespürt. Ich wollte sie nicht verärgern, aber dann ist ausgeflippt, und ich bin zu dem Schluss gekommen, dass es besser ist, wenn wir uns nicht mehr sehen."

„Und gestern ist sie hier aufgetaucht und hat eine Riesenszene gemacht", erklärte Brice.

„Mich als flatterhaft zu bezeichnen, wenn ich von Anfang an mit offenen Karten gespielt habe, hat mich wirklich gestört. Ich meine, als ich sie zu einem Date eingeladen habe, wusste ich nicht, dass sie so schnell wie möglich heiraten wollte. Ein Mädchen sollte nicht anfangen, mit einem Mann auszugehen und nach zwei Dates einen Antrag erwarten. Oder nach zwei Wochen, oder zwei Monaten. Liebe ist ein langsamer Prozess."

Bella warf Carson einen bekümmerten Blick zu, und plötzlich machte er sich Sorgen. Sie dachte wahrscheinlich daran, wie schnell sich ihre Beziehung entwickelte.

„Du hast Recht, Cooper. Das ist *wirklich* schnell", sagte sie und bestätigte Carsons Gedanken.

„Danke, Bella. Sie tut mir schon leid, aber mich hat sie verloren. Ich meine, wer verliebt sich schon so schnell in jemanden?"

Carson rieb seinen Nacken. *Er.* Er hatte sich in Bella verliebt, doch wahrscheinlich dachte sie jetzt, dass er sie zu sehr bedrängte. Er stand auf, um der Konversation zu entkommen. „April, willst du was zu essen? Und du, Bella?"

„Ich bin am Verhungern." Bella stand auf, und sie gingen gemeinsam zum Buffet.

„Kommst du, Cooper?", fragte Drake. „Oder willst du hier sitzen und über dein Liebesleben brüten?'

„Ich komme. Ich werde was essen, und dann werde ich mit Bella tanzen. Aber verlieben Sie sich nicht in mich, denn so weit bin ich noch nicht. Ich bin nur offen und ehrlich. Ich weiß, dass ich unwiderstehlich bin, aber ich bin einfach noch nicht so weit. Können Sie damit leben?"

Bella schmunzelte. „Ja, Cooper, ich denke, damit kann ich leben. Aber danke für die Warnung. Ich werde mir Mühe geben, mich nicht zu verlieben. Aber ich kann jetzt schon vorhersagen, dass jemand Sie dazu bringen wird, sich zu verlieben, und vielleicht sogar Hals über Kopf."

Carson schüttelte den Kopf. „Du bist mir einer, Cooper Presley." Doch Bellas Worte gaben ihm Hoffnung. Sie zog seinen Cousin auf, und vielleicht bedeutete das, dass sie ihre Beziehung nicht mit Coopers verglich.

Cooper hob die Hände. „Hey, ich bin nur ehrlich. Ich bin noch nicht so weit."

April drehte sich um und starrte alle mit verschränkten Armen an. „Habt ihr ihm nicht zugehört? Er ist noch nicht so weit. Er hat wahrscheinlich noch nicht den Kuss seiner wahren Liebe gespürt wie die Prinzessinnen in meinen Filmen. Wenn ich groß bin, werde ich diesen Kuss bekommen, und dann werde ich heiraten und glücklich bis ans Ende leben."

Cooper sah Carson an. „Ähm, ich glaube, du musst dich mal mit deiner Tochter unterhalten. Sag ihr, dass sie nicht heiraten wird. Nur über meine Leiche. April, wenn ein Junge dich heiraten will, verriegeln wir die Türen und sagen ihm, dass er nicht gut genug für unsere April ist."

April blieb der Mund offen stehen. „Das wirst du nicht tun, Onkel Cooper."

Carson räusperte sich. „Ich denke, es ist ein bisschen früh für diese Diskussion. Alles, woran du jetzt denken musst, sind die Rippchen da drüben und das frische Maisbrot. Pfirsichkuchen gibt es auch, und ich bin mir ziemlich sicher, dass Onkel Marcus auch Vanilleeis für dich hat."

Aprils Augen leuchteten. „Pfirsichkuchen und Vanilleeis! Ja, lasst uns rüber gehen." Sie wirbelte herum und marschierte schnurstracks auf die Schlange am Buffet zu.

Carson blickte seiner Tochter hinterher, dann warf er seinen Cousins einen warnenden Blick zu. „Können wir bitte aufhören über zukünftige Verehrer meiner Tochter zu reden? Sie ist noch nicht einmal fünf!"

„Hey, jetzt sei nicht so empfindlich", lachte Cooper. „Das war nur ein Scherz. Aber meine Flinte werde ich in Reichweite halten, wenn diese Typen anfangen, unsere kleine April zu belagern."

Die anderen brummten zustimmend.

Bella lächelte sie strahlend an. „Ihr seid wirklich zum Schießen", sagte sie, dann folgte sie April.

Carson sah seine Cousins an.

Sie zuckten mit den Schultern. „Was sollen wir sagen", grinste Drake. „Du kannst dir sicher sein, dass wir auf deiner Seite sind und aufpassen, dass nicht irgend so ein dahergelaufener Typ deiner Kleinen das Herz bricht."

„Jupp", nickte Brice. „Wer auch immer mit ihr ausgehen will, sollte besser einer der Guten sein."

Carson verstand vollkommen, warum Lana nach Florida geflüchtet war. Sie hatte genug davon gehabt, dass ihre Dates regelmäßig ins Kreuzverhör genommen worden waren. „Danke, das weiß ich wirklich zu schätzen, wenn es soweit ist. Aber jetzt ist erstmal Schluss damit."

Bella lächelte ihn an, als er zu ihr und April trat. „Sie sind auf deiner Seite."

„Ja, das sind sie." Er wollte sie wieder in den Arm nehmen und ihr sagen, dass er glaubte, was Cooper und Drake gesagt hatten, bevor das Gespräch zu Aprils potentiellem künftigem Liebesleben abgeschweift war. Er glaubte fest daran, dass Liebe einfach geschah, wenn sie vorherbestimmt war. So war es ihm diese Woche ergangen, dabei hatte er weder danach gesucht noch damit gerechnet.

Doch trotz all der äußeren Faktoren wollte er Bella so schnell wie möglich in seinem Leben wissen.

Am Ende des Abends hatte Bella einen besonderen Platz in ihrem Herzen für Carson und seine ganze Familie reserviert. Seine Cousins waren amüsant und liebenswert, und wie sie mit April umgingen begeisterte sie. Und Carson ... oh, wie sehr sie sich zu diesem Mann hingezogen fühlte.

Er hatte April ins Bett gebracht und Marcus passte auf sie auf, während Carson Bella in den Ort brachte.

Als sie den Pfad zum Trödel B&B hinauf gingen, hatte sie das Gefühl, ein magischer Abend ginge zu Ende. Wie sollte es jetzt weitergehen? Sie blieb auf der Treppe stehen, und sie sahen einander an. Sie war nervös.

„Danke für den schönen Abend", sagte sie. „Deine Familie ist wunderbar, und alle stehen einander so nah. Das Band, das euch alle verbindet, lässt mich die Beziehung zu meiner Mutter und meiner Schwester nur noch mehr vermissen."

„Ihre Unterstützung bedeutet mir viel. Ich wünschte nur, ich könnte etwas tun, um dir bei deiner Situation zu helfen."

„Danke, aber da gibt es nichts, was irgendjemand tun könnte."

Er trat einen Schritt auf sie zu und zog sie in seine Arme. „Und wie geht es jetzt mit dir und mir weiter? Mein Abend ohne Regeln ist fast um. Deine

Arbeitsbeziehungsregeln treten morgen früh wieder in Kraft."

Sie hörte echte Sorge in seiner Stimme. Als sie seine Wange berührte und seinem eindringlichen Blick begegnete, wollte sie ihn bitten, sie nie loszulassen. „Ich weiß nicht. Wir wollen es langsam angehen lassen, oder hast du das schon vergessen? Es ist nicht so leicht, wie auf ein Date zu gehen. So sehr ich mir das auch wünsche, so ist es leider nicht. Meine Probleme, Vertrauen zu fassen, sind tief verwurzelt. Und du musst Aprils Gefühle an erste Stelle setzen. Setze bitte nicht deine Hoffnungen und Träume in eine Beziehung mit mir, ohne zuerst alles genau zu durchdenken. Ich will niemandem wehtun, besonders nicht einem unschuldigen Mädchen, das so verletzlich ist."

Er seufzte, stützte seinen Kopf auf ihren und hielt sie einfach fest. „Du hast Recht. Ich will nicht, dass April noch einmal verletzt wird. Das ist der Grund, warum ich nicht vorhatte, noch einmal eine Frau in mein Leben zu lassen. Und dann bist du in meine Welt gekommen. Unsere Welt. Und du hast April zum

Strahlen gebracht, wie ich es schon lange nicht mehr gesehen habe. Dafür bin ich dir unglaublich dankbar."

Er streichelte zärtlich ihren Rücken und senkte seine Lippen auf ihre. Leidenschaft stieg in ihr auf, Sehnsucht und Verlangen, ihn in ihrem Leben zu haben, ließ ihre Knie weich werden, als sie sich an ihn schmiegte und seinen Kuss erwiderte.

Lass es langsam angehen. Diese Worte kreischten in ihr wie eine scheppernde Sirene, und sie zog den Kopf im selben Moment zurück, in dem auch er es tat. Ihr Herz hämmerte, und sie war atemlos. Er sah hin- und hergerissen aus, so ernst, und sie wollte ihn in ihre Arme nehmen und ihn trösten. Doch das tat sie nicht.

„Also dann, meine weise Bella, gehen wir es ganz langsam an. Schlaf gut. Wir holen dich morgen früh um neun ab, wenn das okay für dich ist."

„Ich warte auf euch." Sie legte die Hand auf die Türklinke, und die Tür ging auf. „Schlaf gut."

Er lächelte. „Ich habe das unbestimmte Gefühl, dass das mit dem Schlaf nicht funktionieren wird." Er zwinkerte ihr zu, dann machte er kehrt und ging zurück zu seinem Truck.

Bella blickte ihm nach und seufzte. Er hatte Recht. An Schlafen konnte sie jetzt nicht einmal denken.

Sie erschrak, als sie das Haus betrat und Sally Ann in der Tür am Ende des Flurs stehen sah. Sie trug eine leuchtend pinkfarbene Schürze über einem knielangen Morgenrock und flauschigen rosa Hausschuhen.

Plötzlich war Bella dankbar für die Gesellschaft.

„Sie sehen aufgewühlt aus. Wie wäre es mit einer Tasse heißer Schokolade und einem Stück von meinem Puddingkuchen?"

„Das klingt wunderbar." Sie konnte jetzt sowieso nicht schlafen, und ein gemütlicher Plausch bei einer Tasse Schokolade war vielleicht genau das, was sie jetzt brauchte.

KAPITEL FÜNFZEHN

Am nächsten Morgen plapperte April den ganzen Weg bis in den Ort. „Gestern Abend war so schön, Daddy. Ich glaube, Bella mag uns sehr. Glaubst du, dass sie uns sehr mag?"

Er zog eine Braue hoch und warf einen Blick in den Rückspiegel, wo er den besorgten Blick seiner Tochter sah.

Sorge schnürte seine Brust zu, als hätte er sich nicht schon letzte Nacht genug Sorgen gemacht. „Honey, ich glaube, dass sie uns sehr mag. Wer würde dich nicht mögen? Doch du darfst nicht vergessen, dass Bella hier an einem Projekt für uns arbeitet. Sie hat ein Leben zu Hause in Fort Worth."

Er wusste, dass er Aprils Hoffnungen im Zaum halten musste. Und wie ungern er das tat. Er hasste es, denn er wollte mehr von der Beziehung, die sich zwischen Bella und ihm zu entwickeln begann. Ihre Warnungen hallten durch seinen Kopf. Sie hatte Recht. Sie mussten es langsam angehen lassen. Beide wussten über die Vergangenheit des anderen Bescheid, und ihre Situation jetzt war kompliziert. Beide hatten Beziehungen hinter sich, über die sie hinweg kommen mussten, doch April war ihm am Wichtigsten. Und die Begeisterung und die Hoffnungen und Träume in ihrer Miene zu sehen waren ihm eine Warnung.

Hatte er Mist gebaut?

„Ich weiß, dass sie ein Haus in Fort Worth hat, Daddy. Aber es gefällt ihr bei uns. Und du brauchst eine Freundin. Ich habe gehört, wie Onkel Cooper und Onkel Drake darüber gesprochen haben, dass du eine Frau brauchst und ich eine Mama. Und das stimmt. Findest du nicht?"

Er fuhr sich mit der Hand durchs Haar und hatte

Gefühl, von einer Geröelllawine erfasst worden zu sein.

„Deine Onkel hätten nicht darüber reden sollen, wenn du dabei bist." Er bemerkte den verwirrten Ausdruck auf ihrem Gesicht. Das war kein Gespräch, das sie führen sollten, während er fuhr, darum hielt er am Straßenrand an. Er stellte den Motor ab, schnallte sich los und suchte verzweifelt nach den richtigen Worten.

Er drehte sich zu April um. „Honey, du hast eine Mama. Ich weiß, du hast sie schon lange nicht mehr gesehen. Und ja, du hast eine Mama verdient, die für dich da ist. Doch wenn ich je wieder heirate, muss ich vorher ganz vorsichtig sein. Ich will keinen Fehler machen. Ich will sicher sein, dass, wenn ich je wieder heirate, sie die Richtige für uns beide ist."

„Ich denke, Bella ist die Richtige. Ich liebe Bella. Wir lachen und kichern und haben Spaß zusammen."

„Ich weiß, dass ihr zwei Spaß habt. Doch so einfach ist das nicht. Ich hoffe, dass du mit Bella jetzt einfach Spaß haben kannst, während sie das Haus fertig dekoriert und mir hilft, deine Geburtstagsparty zu planen."

April verzog das Gesicht. „Aber ich will Bella. Sie

ist, was ich will."

Frustration breitete sich aus. „April, wir werden schon sehen, aber im Moment will ich, dass du dir keine zu großen Hoffnungen machst. Wir müssen sie jetzt erst einmal abholen und können später noch mal drüber reden."

Ganz toll gemacht, Daddy. Seine Gedanken rasten, als er sich wieder anschnallte und zum B&B fuhr. Er war planlos als Vater, soviel wusste er.

Was sollte er zu April sagen? Manchmal hatte er das Gefühl, der schlechteste Vater der Welt zu sein. Und in diesem Moment war es schlimmer denn je.

Als sie die Pension erreichten, saßen Sally und Bella auf der Veranda und winkten ihnen zu.

Carsons Herz zog sich zusammen, als er Bella sah.

„Daddy, ich glaube, sie haben Frühstück auf dem Tisch stehen. Beeil dich, sie warten auf uns."

„Okay, einen Moment nur." Er lachte über Aprils Aufregung, doch er wusste genau, was sie empfand. Er stieg aus und öffnete April die Tür. Sie sprang heraus und stürmte vor ihm den Pfad hinauf. Sie hatte Recht, die Frauen saßen an einem hübsch gedeckten Tisch voller wunderbar aussehendem Essen. Frisches Obst, Croissants, Pfannkuchen, Kaffee und Saft. Alles war auf bunten Glastellern angerichtet, die im Licht der Morgensonne glitzerten.

Sally stand lächelnd auf, und Bella tat es ihr nach, als er an den Tisch kam.

„Wir haben schon auf euch gewartet", sagte Sally, als sie April umarmte. „Ich habe ein schönes Frühstück für dich, Bella und deinen Daddy gemacht."

„Oh, wie eine Teeparty!", sagte April begeistert.

In diesem Moment traf es Carson wie ein Schlag, was er April alles vorenthalten hatte. Er hatte nie daran gedacht, etwas Extravagantes wie das hier für sie zu machen. War das etwas, das alle taten? Oder war das etwas Besonderes? Er war sich nicht sicher, doch er wusste natürlich, dass das etwas anders war, als ein paar Pancakes zu braten und sie auf einem Pappteller zu servieren.

Seine Miene musste sein Unbehagen verraten haben, denn Bella lächelte zu ihm auf. „Sally Ann hat dieses bunte Retro-Glasgeschirr. Ist es nicht schön? Sie verwöhnt ihre Gäste gern mit einem besonderen

Frühstück oder Brunch, und sie ist eine ganz fantastische Köchin."

Ihre Worte milderten seine Panik, und er entspannte sich ein wenig, als er sich setzte.

„Dann sind Sie nicht nur die beste Trödlerin der Welt, sondern auch noch die beste Pensionswirtin", sagte er.

„Das ist sie!", nickte Bella und half April mit einer eleganten Spitzenserviette.

„Ich bin am Verhungern, und alles sieht so lecker aus."

„Sally, das ist etwas, woran ich mich gewöhnen könnte", sagte er und klopfte sich auf den Bauch.

„Ich liebe es, Gäste zu bewirten, und die Pension habe ich hauptsächlich, weil ich so gerne koche und backe. Es gibt mir einen Grund, das öfter zu tun, da niemand aus meiner Familie in der Nähe wohnt." Wehmut flackerte in ihren Augen auf. „Ich hoffe ja, dass meine Nichte hier raus zieht und mir mit dem Laden hilft. Sie ist ein ganz süßes Ding. Ich sehe sie nicht so oft, doch früher ist sie oft gekommen und hat den Laden geliebt. Dann ist sie an die Uni gegangen und jetzt ist sie mit ihrer Marketingkarriere beschäftigt."

Sie hielt inne, als sagte das alles. Sie tat Carson leid.

Sally Ann lächelte. „Wie auch immer. Ich liebe es, Gäste um mich zu haben. Ich hoffe, meine Pfannkuchen schmecken euch", sagte sie und zwinkerte April zu.

„Pfannkuchen sind mein Lieblingsessen", sagte April, die mit großen Augen alles betrachtete.

„Ich glaube, das ist eine Win-Win-Situation für alle", sagte sie, als sie anfingen, das Essen auf ihre Teller zu laden.

Als Bella ihm eine Obstplatte reichte, streiften seine Finger ihre. Ihre Blicke begegneten sich, und sie lächelte ihn an. Und einen Moment lang war die Welt mehr als perfekt.

Er musste nur einen Weg finden, diesen Moment auf ein ganzes Leben auszudehnen.

Die nächste Woche verging wie im Flug. Bella

besorgte alles, was sie brauchte, und verlieh dem Haus den letzten Schliff. Als sie fertig war, musste sie zugeben, dass es wunderbar aussah. Sie hatte hier einen Teil ihres Herzens investiert, und das sah man auch. Wenn sie sich nicht so sehnlich gewünscht hätte, jeden Tag hier mit Carson und April zu verbringen, wäre das Ergebnis nicht dasselbe gewesen.

Seit der Auktion und dem Tanz hatten sie und Carson ein paar Gespräche über ihre gedeihende Beziehung geführt. Beide hielten sich zurück, und manchmal fiel es ihr schwer zu lesen, was er fühlte. Es gab Momente, in denen wollte sie, dass er sie wieder küsste, doch Carson hatte sich ihre Worte am Abend vor dem B&B zu Herzen genommen und es seitdem nicht wieder versucht.

Sie wusste, dass sie sie sich auf gefährlichem Terrain bewegten, was April anging. Sie liebte Bella, und das Gefühl beruhte auf Gegenseitigkeit.

Doch Bella hatte das Gefühl, das Projekt abschließen zu müssen, um ein bisschen Abstand von Carson und April zu gewinnen und einen klaren Kopf zu bekommen.

Das Wochenende von Aprils Geburtstagsparty nahte, und sie hatten Einladungen an all die kleinen Jungen und Mädchen in Aprils Kindergartengruppe verschickt. Carson hatte erklärt, dass es keine große Gruppe war, und es waren tatsächlich nur fünfundzwanzig Kinder gewesen.

April hatte sich ein Feenprinzessinnen-Thema gewünscht, und Bella hatte einen entsprechenden Kuchen bestellt und dazu eine Hüpfburg mit einer großen Rutsche. Alle ihre Onkel kamen und halfen, die Kinder zusammenzuhalten. Es ging zu wie im Irrenhaus, doch April genoss es in vollen Zügen.

Bella liebte es, Carson und die anderen Cowboys mit den Kindern spielen zu sehen. Sie glaubten vielleicht nicht, für Ehe und Familie bereit zu sein, doch sie zweifelte nicht einen Moment lang daran, dass jeder einzelne der Presleys eines Tages einen ganz wunderbaren Ehemann und Vater abgeben würde.

Lana und ihr Ehemann Cam Sinclair kamen auch zu der Party. Sie freute sich, die beiden kennenzulernen, und wusste natürlich, dass Lana ganz genau beobachtete, wie Bella und Carson miteinander umgingen.

Sie war in der Küche gerade damit beschäftigt, den Blechkuchen zu schneiden und die Cupcakes auf Tabletts zu laden, um sie nach draußen zu bringen. Sie hatte sie von Two Cups bestellt mit extra Zuckerstreuseln, und sie wusste, dass April begeistert sein würde. Lana kam herein und fing an, von einem Stück Kuchen zu naschen.

„Hey, der ist göttlich, kann ich dir helfen?", fragte Lana.

„Sicher, das wäre großartig." Bella mochte Lana. Sie war Lehrerin und extrem vernünftig. „Wenn du ein Tablett mit Cupcakes raus bringen könntest, wäre das eine große Hilfe."

Lana lächelte und legte ihre Hände auf das Tablett. „Meine Brüder haben mir erzählt, dass da was zwischen dir und meinem Cousin läuft? Ich habe euch beobachtet, und ich sehe es auch. Er ist ein wirklich guter Kerl. Er hat wahnsinnig gelitten, und wir wollen, dass er eine Chance bekommt, zu sehen, wie wunderbar eine Ehe sein kann. Du scheinst ihn wirklich zu mögen, auch wenn ich das Gefühl habe, dass ihr euch beide zurückhaltet."

Sie war intelligent und aufmerksam. Und direkt. Bella stellte den Kuchen wieder auf den Tresen. „Ich mag ihn und April sehr, doch ich habe selbst zwei traumatische Beziehungen hinter mir, und deswegen lassen wir uns Zeit."

„Daran ist ja auch nichts auszusetzen. Doch ich denke, wenn man es weiß, weiß man es einfach. Trotzdem vorsichtig zu sein, schadet natürlich niemandem. Und ich glaube, dass es auch für April gut ist."

„Ganz genau. Ich bin ganz verrückt nach ihr. Und ich will weder ihr noch Carson wehtun."

„Aber was ist mit dir? Du solltest auch nicht verletzt werden, und so wie es hier jetzt aussieht, ist dein Herz mit ihm Spiel. Was du aus diesem Haus gemacht hast, ist wunderbar. Das Haus ist mit Liebe dekoriert, und das sieht man."

Bella blinzelte Lana an.

„Was, hast du etwa geglaubt, dass das nicht offensichtlich ist?"

Bella zögerte. „Nein, nicht wirklich."

„Das ist es aber. Ich weiß nicht, ob Carson es sieht, aber ich sehe es. Eine Frau sieht so etwas. Zum Beispiel das große Foto über dem Kamin von April auf der Blumenwiese ist reizend, und Carson hat mir erzählt, dass du es aufgenommen hast."

Bella tat das Herz weh, wenn sie das große Foto ansah. „Ich habe es neulich aufgenommen, als wir draußen waren und Blumen gepflückt haben. Da habe ich sie beobachtet, wie sie die Pusteblumen gepflückt und draufgepustet hat. Da musste ich einfach ein Foto machen. Ich fand es richtig schön, darum habe ich es bestellt, weil ich dachte, dass es ein Blickfang im Zimmer wäre. Ich liebe es."

„Carson auch, glaub mir." Lana lächelte. „Wenn du jemals jemanden zum Reden brauchst, ruf mich bitte an. Ich glaube, du tust ihnen gut. Und ich hoffe, dass sie dir auch guttun."

„Danke, das bedeutet mir viel."

Sie nahmen den Kuchen und die Cupcakes und gingen nach draußen. Es waren jede Menge Leute aus dem Ort gekommen, und Bella freute sich, sie alle kennenzulernen. Dass Sally gekommen war, freute sie besonders. Es war schön, selbst auch eine Freundin hier zu haben.

Sally war begeistert von Aprils Zimmer und hatte Kekse nach ihrem Spezialrezept gebacken und in niedlich dekorierte Papiertüten gepackt, damit die Kinder sie mit nach Hause nehmen konnten. Für April hatte sie ein ganz besonderes Geschenk mitgebracht: es war ein Tee-Set aus bruchsicherem buntem Glas, damit sie ihre eigenen Teepartys veranstalten konnte. April liebte es so sehr, dass sie es gleich ausprobieren musste.

Später, nachdem April ihre Kerzen ausgeblasen hatte und alle Kuchen aßen, war Bella wieder in der Küche, als Sally kam, um sich von ihr zu verabschieden, bevor sie sich auf den Nachhauseweg machte.

„Ich weiß, dass dein Projekt hier so gut wie abgeschlossen ist. Meine Tür in Ransom Creek ist immer für dich offen. Vergiss mich nicht. Und wenn du für ein Projekt irgendetwas von mir brauchst, gebe ich es dir zum Sonderpreis. Ich will einfach dein Lächeln wieder sehen. Wir Trödler müssen doch zusammenhalten."

Bella umarmte ihre neue Freundin. „Ich komme dich besuchen, versprochen. Ich bin so froh, dass ich dich durch mein Projekt hier kennengelernt habe, Sally, und dein Laden ist eine wahre Schatztruhe."

Sallys gütige Augen glänzten vor Emotion. „Ich wollte dir noch etwas wegen deiner Mom sagen."

Bella hatte ihr von ihren Problemen und von der Geburtstagsparty am nächsten Wochenende erzählt. „Okay", nickte sie.

„Ich hoffe, dass du zur Party deiner Mom gehen kannst. Dass du den Mut hast, deine Komfortzone zu verlassen und für sie der bessere Mensch zu sein. Als ältere Frau, die ihre Familie vermisst, weiß ich, dass es ein kostbares Band ist, und dass du darum kämpfen musst, es zu bewahren. Schließlich bedeutet dir dieser Mann, der jetzt der Ehemann deiner Schwester ist, nichts mehr, und offensichtlich bedeutet er deiner Schwester alles. Ich sage nicht, dass das, was sie dir angetan haben, richtig war, doch ich glaube, dass es letzten Endes zu deinem Besten war. Du bist jetzt von einer viel grüneren Weide umgeben." Sie zwinkerte ihr zu. „Der attraktive Cowboy da draußen kann dich kaum aus den Augen lassen, und in seinen Augen kann man sein Herz sehen. Und bei dir ist es nicht anders. Lass die Vergangenheit ruhen, geh zu dieser Party, und schließe deinen Frieden damit."

Bella war froh, dass sie Sally nach dem Tanz von ihren Sorgen erzählt hatte. Sallys Perspektive bot willkommene Klarheit.

„Ich werde hingehen. Ich habe gestern mit meiner Mom gesprochen und ihr gesagt, dass ich kommen werde. Sie hat sich so gefreut, dass sie beinahe geweint hat. Da wusste ich, dass ich wirklich hingehen muss."

Sally umarmte sie. „Ich werde für dich beten, Liebes. Und jetzt sollte ich besser gehen. Ich will nach Hause, bevor es dunkel wird. Morgen habe ich viel zu tun. Ich muss die Schätze ausladen, die ich auf dem Flohmarkt in Canton gekauft habe."

Bella lächelte, als sie auf die Veranda hinaus gingen und beinahe mit Carson zusammengestoßen wären.

„Sally, Sie wollten doch hoffentlich nicht gehen, ohne mich zum Abschied zu umarmen?"

„Natürlich nicht." Sie umarmte ihn und tätschelte

seine Schulter. „Kommen Sie, und besuchen Sie mich bei Gelegenheit. Und bringen Sie April und diese Schönheit hier mit." Sie lächelte Bella an.

„Werde ich machen", sagte Carson, legte einen Arm um Bellas Schultern und zog sie an sich.

Plötzlich konnte Bella ihre Emotionen kaum noch kontrollieren und ihn nicht ansehen.

„Ich werde von Zeit zu Zeit vorbeikommen", fuhr er fort. „Das Haus ist zwar dekoriert, aber ich werde bald mehr von der Erdbeermarmelade brauchen, die Sie uns mit nach Hause geschickt haben. Und natürlich eine Umarmung."

Sally wurde rot, und ihre Augen glitzerten. „Ich werde dafür sorgen, dass immer ein Glas Marmelade mit Ihrem Namen drauf auf sie wartet. Und schicken Sie ihre attraktiven Cousins auch vorbei. Es wäre so schön, wenn meine Nichte auftauchen würde. Ich habe schon einen der Jungs für sie ausgesucht."

Carson lachte. „Darf ich fragen, an wen Sie für Ihre Nichte gedacht haben?"

„Also, ich würde jeden nehmen, aber ich glaube, dass Cooper und meine Nichte zusammenpassen wie Sirup und Pfannkuchen."

Carson lachte. „Na, dann mal viel Glück damit. Jede Frau, die Cooper haben will, braucht einen Haufen Glück. Er ist ein eingefleischter Junggeselle und hat nicht vor, sich auf eine ernsthafte Beziehung einzulassen. Vielleicht sollten Sie Ihre Hoffnungen eher auf einen der anderen setzen."

„Es ist sowieso eine müßige Konversation, wenn Sie nicht herkommt, um in mein Geschäft einzusteigen. Aber Liebe neigt dazu, Barrieren einzureißen." Damit ging sie zu ihrem Truck. Mit einem Winken und einem Augenzwinkern kletterte sie hinein und fuhr davon.

Bella wusste, dass sie Recht hatte. Sie lehnte ihren Kopf an Carsons Schulter und ließ einen Moment lang seine Wärme durch sich hindurch fließen. Das war ihr Mann. Der Mann, mit dem sie den Rest ihres Lebens verbringen wollte. Sie musste nur ihre Ängste überwinden und Vertrauen haben.

„Carson, Sally hat mir zugeredet, zu Moms Geburtstagsparty zu gehen."

„Die, zu der auch deine Schwester und dein Ex

kommen?"

„Ja. Ich werde hingehen. Ich will meine Mom sehen."

„Gut. Ich habe mich gefragt, ob ich dich an diesem Abend als dein Date begleiten kann. Ich könnte deine moralische Stütze sein. Aber ich verstehe natürlich, wenn du nicht–"

„Das wäre schön." Sein Angebot, sie zu unterstützen, bedeutete ihr viel.

„Gut. Ich freue mich, deine Mom kennenzulernen. Und den Mann zu sehen, der so dumm war, sich dich durch die Lappen gehen zu lassen. Ich verspreche dir, nicht unhöflich zu sein. Ich muss aber sagen, dass ich glücklich bin, dass es zwischen euch nicht geklappt hat – oder hört sich das jetzt furchtbar an?" Er lächelte und nahm ihr Gesicht in seine Hände, während er ihr in die Augen sah.

Gebannt und plötzlich überglücklich kicherte sie. „Das hört sich gar nicht furchtbar an. Ich bin derselben Meinung."

KAPITEL SECHZEHN

Am darauffolgenden Sonntag, nachdem er April zu Mrs. Lewis gebracht hatte, fuhr er nach Fort Worth, um Bella abzuholen. Sie hatten ein paarmal telefoniert, doch seit Aprils Party hatten sie einander nicht gesehen. Als die Party geendet hatte, hatte auch ihre Geschäftsbeziehung geendet. Er hatte sich daran gewöhnt, sie mindestens jeden zweiten Tag zu sehen, und hatte ihr Lächeln vermisst. Ihre sanfte Stimme … Ja, er hatte sie wirklich vermisst.

Und April auch.

Doch jetzt würde er bald sehen, ob sie wirklich

nichts mehr für ihren Ex empfand. Er musste es wissen. Ihm war bewusst geworden, wie sehr sein kleines Mädchen darauf hoffte, dass aus ihm und Bella etwas wurde, und er musste sich sicher sein, dass er nicht wieder sein Herz riskierte – denn diesmal wäre es auf Aprils Kosten.

„Hallo", sagte sie, als sie die Tür öffnete.

Ihr Anblick verschlug ihm den Atem. „Du bist so schön. Ich habe dich vermisst."

Ohne zu zögern trat sie in seine Arme. „Ich hab dich auch vermisst."

Er küsste sie kurz, dann sah er sie an. „Okay, mehr geht jetzt nicht, sonst kann ich nicht mehr aufhören, und wir haben heute noch etwas vor."

Sie seufzte und lächelte ihn an. „Da bin ich ja froh, dass es nicht nur mir so geht."

„Nein, ganz sicher nicht." Beide lächelten. „Ich schätze, wir sollten losmachen."

„Ja, wir sollten sie nicht warten lassen."

Ein paar Minuten später waren sie auf dem Highway in Richtung des Hauses ihrer Mutter, das weiter in der Stadt lag.

„Bist du nervös?", fragte er nach einer Weile.

„Oh ja, aber ich mache mir mehr Sorgen darum, wie die Dynamik in meiner Familie aussehen wird. Selbst, wenn ich okay bin, wird es unbehaglich werden und könnte in einer Katastrophe enden."

Er legte seine Hand auf ihre. „Es wird schon gutgehen. Du tust ja alles, was du kannst, damit es gutgeht."

Sie drehte ihre Hand, damit sich ihre Handflächen berührten, dann schloss sie ihre Finger um seine und drückte sanft zu. Sein Herz schwoll vor Liebe, und er schwor sich, ihr Herz zu beschützen, so gut er konnte. Und dieser Ex sollte sich besser benehmen, sonst würde er es mit Carson zu tun bekommen.

Bella presste eine Hand auf ihren Bauch, als Carson in die Auffahrt zum Haus ihrer Mutter einbog. Ihr Mund war trocken.

„Bist du okay?"

„Ja."

Er lächelte. „Warte, ich mach dir die Tür auf."

Sie wartete auf ihn, mehr als froh, dass er mit ihr gekommen war. Mit ihm an ihrer Seite kam es ihr viel leichter vor.

„Bella", sagte ihr Mutter an der Tür. „Honey, ich freue mich so, dass du gekommen bist."

„Mom, wie könnte ich deine Party verpassen?" Sie nahm ihre Mutter in die Arme. „Happy Birthday."

Ihre Mutter schniefte und nahm ihr Gesicht in ihre Hände. „Das ist das schönste Geschenk, das du mir hast machen können. Und jetzt … willst du mir nicht deinen attraktiven Begleiter hier vorstellen?"

Bella lächelte. „Mom, das ist Carson Andrews."

Ihre Mutter musterte ihn interessiert. „Freut mich sehr. Sie sind ein Engel, dass Sie meine Tochter nach Hause gebracht haben. Sie mögen meine Bella, das sehe ich in Ihren Augen."

„Sehr sogar. Sie sind sehr aufmerksam, Mrs. Reese. Und es ist offensichtlich, dass sie ihre Schönheit von Ihnen hat."

Bella machte es Spaß zu sehen, wie charmant er mit ihrer Mutter umging.

„Dann lasst uns feiern", sagte ihre Mutter und

hakte sich bei Bella und Carson unter. „Emily und Ashton sind im Wohnzimmer und … danke, dass du gekommen bist."

Bella sah sie an. „Ich tue das für dich, Mom. Ich liebe dich."

„Honey, ich liebe dich auch, und ich hoffe, dass du es auch für dich machst. Deine Schwester und Ashton haben eine Entscheidung getroffen, deren Konsequenzen sich auf uns alle ausgewirkt haben. Auf dich natürlich am meisten. Ich möchte, dass wir den Prozess anstoßen, unsere neue Familiendynamik zu finden. Aber am meisten möchte ich, dass dir bewusst wird, dass du mehr verdient hast und dass du dich bemühen solltest, darüber hinwegzukommen."

Das Lächeln in Carsons Gesicht gab ihr, was sie brauchte, um zu sagen: „Das habe ich, Mom."

„Schön, dann lasst uns feiern."

Als sie das Wohnzimmer betraten, begegnete sie Ashtons Blick auf der anderen Seite des Raumes. Bellas Nerven sträubten sich, doch ihr Herz pochte nicht, ihr Puls raste nicht, und sie spürte auch sonst keine Reaktionen, die von einer eventuell noch bestehenden Anziehung ausgelöst worden wären. Damit hatte sie auch nicht mehr gerechnet, doch es war eine Erleichterung. Eine tiefe, befreiende Erleichterung.

„Emily, schau wer hier ist. Deine Schwester", sagte ihre Mutter mit fröhlicher Stimme. Sie trat beiseite und schob Bella und Carson in den Raum. „Und Ashton und Emily, das ist Carson, Bellas Freund. Warum unterhaltet ihr euch nicht, während ich mich um das Abendessen kümmere."

Bella hoffte, dass es Carson nichts ausmachte, dass ihre Mutter einfach den Schluss gezogen hatte, dass er ihr Freund war, doch sie konnte nicht leugnen, dass es sie amüsierte, wie Ashton erstarrte, als Carson einen Arm um ihre Schulter legte und sie an sich zog.

Unbehagliche Stille folgte.

„Schön, euch kennenzulernen", sagte Carson schließlich. „Ich freue mich, dass ich mit Bella zum Geburtstag ihrer Mutter kommen konnte."

Bella blickte zwischen Ashton und Carson hin und her. Letzterer rieb sich das Kinn, während er ihren Exverlobten musterte.

„Ja, wir uns auch", presste Ashton hervor.

„Und wie war Vegas?", fragte Bella, die es sich nicht verkneifen konnte, den Elefanten im Zimmer aus dem Käfig zu lassen.

„Es war wunderbar", sagte Emily, die offensichtlich endlich aufatmen konnte. „Es tut uns wirklich leid, dass es so gelaufen ist, Bella. Wirklich." Emily klang aufrichtig, und ihr Blick wanderte zu Ashton, als wartete sie darauf, dass er ihr zustimmte. Als er nicht reagierte, kniff sie die Augen zusammen, bevor sie den Blick wieder Bella zuwandte und dann Carson ansah. „Freut mich, dich kennenzulernen, Carson. Ich freue mich so, dass Bella endlich einen Freund hat. Ich meine, dass sie darüber hinweg ist." Emily sah peinlich berührt aus, und beinahe hätte sie Bella leidgetan ... aber nur beinahe.

Carson drückte kaum merklich ihre Schulter. Sie legte eine Hand auf seine, um aus der Berührung eine Extraportion Mut zu gewinnen. „Emily, nach dem, was ihr beiden mir angetan habt, konnte ich mich nicht einfach so in eine neue Beziehung stürzen."

„Oh, also es war nicht so, als hätte ich das–",

begann Emily sich zu verteidigen, doch Bella fiel ihr ins Wort.

„Ich will nicht darüber reden. Ich wollte es nur ausgesprochen wissen. Ihr beiden habt mich tief verletzt. Ihr habt mich belogen und mich auf ganz furchtbare Art und Weise hintergangen. Doch ich bin darüber weg. Ich bin hergekommen, um mit Mom zu feiern und zu zeigen, *dass* ich darüber weg bin. Ich bin froh, dass ihr auch gekommen seid. Die Dynamik zwischen uns ist offensichtlich unbehaglich, aber für Mom können wir uns Mühe geben. Und rückblickend betrachtet…" Sie blickte zu Carson auf. „Bin ich dankbar, dass Ashton und ich nicht geheiratet haben. Es wäre ein Fehler gewesen. Das ist natürlich kein Freibrief dafür, dass ihr mich so derart hintergangen habt. Doch an diesem Punkt habe ich mich entschieden, das zu ignorieren und mein Leben weiterzuleben." Sie lächelte, als Carsons Hand von ihrer Schulter hinunter zu ihrer Taille glitt und er sie näher an sich zog.

„Und dafür bin ich unendlich dankbar", sagte er, dann senkte er den Kopf und gab ihr einen zärtlichen, vielversprechenden Kuss.

Bella seufzte und legte eine Hand an seine Wange. „Ich habe Lust auf ein Stück Geburtstagstorte. Sonst noch wer?", fragte sie und sah Emily und Ashton an, die sie beide fassungslos anstarrten. Bella war sich nicht sicher, was sie von ihrer Reaktion halten sollte, doch andererseits hatte sie nichts von dem verstanden, was sie seit ihrem geplanten Hochzeitstag getan hatten.

Doch eines wusste sie, in diesem Moment wollte sie nur das Gefühl des Glücklichseins genießen.

„Wirklich, ihr zwei, ich wünsche euch, dass ihr glücklich miteinander seid. Und jetzt lasst uns mit Mom feiern. Ich bin mir sicher, dass sie in der Küche auf uns wartet und hofft, dass wir unsere Differenzen beilegen können."

„Ich finde, das ist eine großartige Idee", sagte Carson an ihrem Ohr.

Als sie zwei Stunden später Hand in Hand den Gehsteig entlang zu seinem Truck gingen, spürte Bella ein tiefes Gefühl des Friedens. An seinem Truck angekommen, schlang sie die Arme um seinen Hals. „Danke, dass du mit mir gekommen bist. Ich weiß nicht, ob ich das ohne dich überstanden hätte."

Er sah sie ernst an. „Das hättest du. Du warst die Erwachsene in dem Raum. Ich bin deinem Beispiel gefolgt. Ich wollte mehr sagen, doch ich habe mich entschieden, dich still zu unterstützen und dich dein eigenes Ding durchziehen zu lassen."

„Du warst perfekt." Sie küsste ihn und schmiegte ihren Kopf an sein Herz.

„Aber wenn sie sich daneben benommen hätten, wäre ich eingeschritten", sagte er ernst.

Bella lächelte und lauschte seinem Herzen, von dem sie wusste, dass es so treu und tapfer war wie ihres.

„Aber sag mir eines", sagte er an ihr Ohr, und sein warmer Atem jagte eine Gänsehaut über ihren Rücken. „Lassen wir es immer noch langsam angehen, oder kann ich…?"

Sie lachte und schlang erneut ihre Arme um seinen Hals. „Volldampf voraus", sagte sie und küsste ihn mit allem, was ihr Herz hergab.

Zwei Wochen nach der Geburtstagsparty im Haus von Bellas Mutter, stand Carson neben der Statue von

Ellora Shepherd und wartete darauf, dass April und Bella aus dem Two Cups zurückkamen. Er hatte sie heute allein dorthin geschickt und gesagt, dass sie ihn hier treffen sollten, wenn sie fertig waren. Er hatte nie viel mit der Legende der Statue anfangen können. Er kannte die Geschichte von der sitzengelassenen Frau natürlich, die danach im Ort geblieben war. Er gab nicht viel auf Legenden oder Aberglauben, doch irgendetwas hatte ihn heute Morgen hierher gezogen.

„Daddy, wir haben dir einen mit Zuckerstreuseln mitgebracht", rief April, als sie und Bella über die Straße auf ihn zukamen.

Sein Herz schmerzte vor Liebe für die zwei strahlenden Schönheiten, und er wusste, dass sein Instinkt richtig gewesen war. Das war der perfekte Ort.

Bellas Augen glänzten, als sie auf ihn zukam. Sie neigte den Kopf und sah ihn an. „Was führst du im Schilde, Carson Andrews?"

„Woher weißt du, dass ich etwas im Schilde führe?"

„Du hast da so ein Glitzern in den Augen."

„Du siehst glücklich aus, Daddy. Ist es, weil ich

sie Zuckerstreusel auf deinen Cupcake habe streuen lassen?"

Er lächelte, dann bückte er sich zu April hinunter. „Die Zuckerstreusel sind großartig. Festlich und hoffentlich genau passend für den Anlass. Warum setzt du dich nicht auf den Rand des Brunnens?" Sanft ergriff er ihre Arme und half ihr auf den breiten Rand des Brunnens. „Du kannst deinen Cupcake essen, während ich Bella etwas frage, okay?"

„Okay, Daddy." Sie beugte sich vor und flüsterte in sein Ohr: „Hoffentlich fragst du sie endlich, ob sie uns heiraten will." Sie strahlte, als er ihr zuzwinkerte.

Er richtete sich auf und nahm Bella die Schachtel mit den Cupcakes aus der Hand und stellte sie neben April. Dann zog er Bella in seine Arme.

„Oh, warum so ernst, Mr. Carson?", sagte sie mit neckendem Unterton.

„Ich bin ernst. Frauen kommen in diesen Ort, um Ehemänner zu finden. Es gibt eine Menge Geschichten über diesen Brunnen, doch ich wollte heute mit dir herkommen, weil mir diese Woche bewusst geworden ist, dass Ellora und ich Ähnliches erlebt haben. Doch sie ist hiergeblieben, hat das Beste aus ihrer Situation gemacht und ihr Leben weitergelebt. Ich bin hier geblieben und bin auf der Stelle getreten, bis du gekommen bist. Du hast auch gelitten, doch du hast hart gearbeitet, darüber hinwegzukommen und das Beste aus deiner Situation zu machen. Das hat dich in mein Leben gebracht. Und dafür werde ich ewig dankbar sein."

„Ich auch", sagte Bella leise. „Doch von darüber hinwegkommen konnte nicht wirklich die Rede sein, als du mich angerufen und mich gebeten hast, dir hier zu helfen."

„Aber zumindest warst du bereit, herzukommen und meinen Zaunpfahl umzufahren – und gleichzeitig die Mauern um mein Herz. Ich liebe dich, Bella." Bellas Gesicht strahlte. Sie hatten einander in den letzten zwei Wochen oft gesagt, dass sie sich liebten. Es war kein Geheimnis. Er zog sie fester an sich. „Ich wollte es dir genau hier neben dieser tapferen Frau sagen, weil sie mich an dich erinnert. Ich hatte die ganze Zeit ein Problem mit dieser Statue und jetzt weiß ich endlich warum. Für mich war diese Statue immer ein Sinnbild für Ellora, die für immer in ihrer Trauer gefangen ist. Dabei stimmt das gar nicht. Sie hat sich dafür entschieden, hier zu bleiben, und hat geholfen, diesen Ort aufzubauen. Und während sie das getan hat, hat sie sich selbst ein gutes Leben aufgebaut, und ich hoffe, dass sie dabei gefunden hat, was sie brauchte."

„Ich glaube, das hat sie", sagte Bella.

„Leute tanzen um diese Statue", sagte April mit Zuckerstreuseln um ihren Mund.

„Also ich weiß nicht, ob ich so weit gehen würde, aber ich weiß, was ich jetzt tun werde." Er ging auf ein Knie und ergriff Bellas Hand. Sie keuchte. April ebenso. Er lächelte zu ihr auf. „Bella Reese, willst du mich heiraten?"

„Und mich!", rief April und sprang vom Rand des Brunnens. „Bitte, bitte!"

Bella lachte. Tränen schossen ihr in die Augen, doch sie sah glücklich aus. „Ja, ich will. Ich bin bereit, ein neues Leben mit euch beiden anzufangen." Sie schlang ihre Arme um ihn und April, als er aufstand.

April kicherte glücklich und ließ sie los, als er Bella in seine Arme zog und sie küsste. Ihre Lippen verschmolzen, und ihre Herzen pochten wie eines, als sie sich im Kuss verloren.

Dann hörten sie Wasser klatschen, und als sie herumwirbelten, sahen sie April, die im Wasser herumhüpfte. „Daddy heiratet Bella. Daddy heiratet Bella", trällerte sie und drehte sich im Kreis, während das Wasser des Springbrunnens auf sie herab regnete. Sie strahlte sie an. „Ich mag den Brunnen."

Bella seufzte. „Ich liebe dieses Kind. Und dich natürlich auch."

Als sie ihn dann küsste, tanzte Carsons Herz.

COOPER

Die Cowboys von Ransom Creek, Buch 3

KAPITEL EINS

Während sie vorsichtig die Schlucht hinabstieg, stolperte Beth Lee über eine Baumwurzel und wäre den steilen Hang hinuntergerutscht, wenn sie nicht gerade noch rechtzeitig den Ast einer Stechpalme zu fassen bekommen hätte. Schwer atmend klammerte sie sich an ihren verdorrten Rettungsanker, während sie mit ihren Stiefeln krampfhaft nach Halt suchte. Endlich gelang es ihr, einen zweiten Ast zu fassen und auf mehr oder weniger festem Boden ihre Balance wiederzufinden.

Sie seufzte erleichtert auf und blieb einen Moment lang stehen, bevor sie den nächsten Schritt den Hang hinab wagte.

Sie war auf dieser Weide – diesen Weiden korrigierte sie sich – seit über zwei Stunden herumgeklettert und war dabei unter ein paar Stacheldrahtzäunen hindurchgekrochen. Endlich war sie zu dieser bewaldeten steilen Schlucht gekommen, die sich durch die riesige Ranch ihres Nachbarn zog. Sie war auf der einen Seite entlang gegangen und hatte nach Tilly gerufen, und jetzt versuchte sie, auf die andere Seite zu gelangen. In der Hoffnung, dass die kleine Tilly sich vielleicht unter einem Busch versteckte, oder, wenn sie wirklich so weit gekommen war, vielleicht unter einem Busch schlief, oder … Beth wollte nicht einmal daran denken, dass sie irgendwo hier draußen verletzt sein könnte.

Panik erfasste sie, als sie weiter kletterte. Bis jetzt war alles, was sie gefunden hatte, surrende Insekten gewesen und furchteinflößendes Geraschel im Unterholz, weswegen sie dankbar war, Stiefel zu tragen. Sicherheitshalber hatte sie ihre Jeans hineingesteckt. Das letzte, was sie jetzt brauchen konnte, war eine Schlange, die ihr Hosenbein empor kroch. Der Gedanke ließ sie erschaudern.

Genug.

„Tilly", rief sie erneut, zwischenzeitlich heiser vom Rufen.

Die arme Tilly. Sie hatte wahrscheinlich furchtbare Angst, doch hoffentlich war sie okay. Ziegen waren ziemlich trittsicher, selbst schon kleine Zicklein wie Tilly.

Was mehr war, als sie von sich selbst behaupten konnte. Mit einem vorsichtigen Schritt bewegte sie sich parallel zum Abhang. Sie musste eine gute Stelle finden, um hinunter zu klettern und dann auf der anderen Seite wieder hinauf. Das einzige Problem war, wenn Tilly nicht auf die andere Seite gegangen und stattdessen dem kleinen Bach am Boden der Schlucht gefolgt war – Gott allein wusste, wo sie dann war. Vielleicht würde sie das Zicklein nie finden. Das war die Presley Ranch. Sie war riesig verglichen mit ihrer. Ihr Onkel Howard hatte etwas von dreitausendzweihundert Hektar gesagt. Seine Farm –

jetzt ihre – war gerade mal sechzehn Hektar groß und auf drei Seiten von der der Presleys eingerahmt. Der Unterschied war also erheblich.

„Tilly!", rief sie, wie sie es immer wieder getan hatte, seit das Zicklein verschwunden und sie den winzigen Hufspuren in diese Richtung gefolgt war, solange sie sichtbar gewesen waren. „Tilly!", rief sie erneut. Ihr Herz begann zu pochen, als sie das unverkennbare Heulen eines Kojoten hinter sich hörte. Ganz in der Nähe.

Beth wirbelte herum. Sofort verlor sie den Halt und rutschte eine steile Böschung hinunter.

Vielleicht hatte sie geschrien, vielleicht gestöhnt oder gekeucht. Sie war sich nicht sicher, als sie schließlich unsanft aufschlug, weiterrollte und auf ihrem Hinterteil landete, bevor sie sich im Schlamm neben dem plätschernden Bach am Grund der Schlucht aufsetzte.

„Großartig", stöhnte sie und blickte durch das Blätterdach der Baumkronen empor. Sie war ein ganzes Stück durchs Unterholz bis zu dieser schlammigen Stelle abgerutscht. Doch positiv betrachtet hatte der Schlamm wenigstens ihren Fall gebremst.

Vorsichtig rappelte sie sich auf die Knie auf. Ihr Knöchel schmerzte, doch angesichts des Pfades, den sie gerade wie eine Abrissbirne durch die Büsche geschlagen hatte, war es ein Wunder, dass sie sich nicht das Genick gebrochen hatte. Sie hatte Glück gehabt.

Abgesehen davon, dass sie allein am Grund der Schlucht war und niemand davon wusste, war sie glimpflich davongekommen. Es hätte so viel schlimmer ausgehen können. Doch dann tastete sie in ihrer Hosentasche nach ihrem Handy und erinnerte sich, dass sie es, als sie bemerkt hatte, dass Tilly verschwunden war, in der Eile auf der Werkbank in der Scheune liegengelassen hatte. Wenn sie sich ernsthaft verletzt hätte, hätte sie nicht einmal Hilfe rufen können.

Als sie vorsichtig aufstand, hörte sie den Kojoten irgendwo oberhalb heulen und fühlte sich plötzlich furchtbar isoliert. Dann heulte ein zweiter, und jagte ihr einen Schauer den Rücken hinunter. Sie hörten sich an, als wären sie ganz in der Nähe. Viel zu nah.

Cooper Presley war nicht in Stimmung für Ärger, doch dem Stier schien das egal zu sein, als er aus der Herde ausbrach und in Richtung der Bäume stürmte. Cooper zog am Zügel seines Pferds und schwang das Lasso über seinem Kopf. Den Blick auf den Stier gerichtet, erhob er sich ein wenig aus dem Sattel und warf die Schlinge durch die Luft. In diesem Moment sah er etwas Rotes aufblitzen.

Es purzelte von einer Stechpalme und in den Weg des wild gewordenen Bullen.

Was zum…?

Sein Magen machte einen Sprung, als er einen Moment lang dachte, dass es ein Kleinkind war, das aus dem Schutz der Büsche in den Weg des wütenden Stiers stolperte. Erschrocken wechselte der junge Stier die Richtung – weg von der rot gekleideten Gestalt und vermied dadurch gerade noch, sie niederzutrampeln.

Cooper blieb der Mund offenstehen, als sein zwischenzeitlich vergessenes Lasso sein Ziel verfehlte.

Erleichtert brachte er das Pferd zum Stillstand und starrte mit offenem Mund das rote Etwas an. Nein, wenn er es nicht mit eigenen Augen gesehen hätte, hätte er es nicht geglaubt.

Doch da stand es: ein winziges weißes Zicklein – gekleidet in ein rotes Rüschenkleid.

Es stakste herum, als wäre nichts an seinem Aussehen seltsam und blinzelte ihn an. „Bähhhh", meckerte es. „Bähhh."

Cooper lachte. „Das ist lächerlich." Er sah sich um, da er erwartete, dass einer seiner Brüder – oder alle vier – gleich lachend hinter einem Busch hervorkam. Wahrscheinlich mit einer Videokamera in der Hand. Er kniff die Augen zusammen und spähte in den Schatten unter den Bäumen, doch er sah niemanden.

„Bähhh", meckerte das winzige Zicklein erneut.

Cooper starrte es an. Wer in aller Welt würde einer Ziege sowas antun?

Es war ein kleines Zicklein, doch es verhielt sich nicht wie ein Neugeborenes. Wahrscheinlich eine Zwergziege, denn die waren viel kleiner als normale

Ziegen – nicht, dass er ein Experte war. Er war ein Cowboy – das lag ihm im Blut, doch das schloss Ziegen oder Schafe nicht mit ein.

Und schon gar nicht, wenn die Ziege ein Kleid trug.

Wie war ein Zicklein hierhergekommen, mitten ins Nirgendwo, wo sich Fuchs und Hase gute Nacht sagten? Und dann auch noch mit einem roten Rüschenfummel mit Glitzerkram daran.

Das war das Seltsamste, das er seit einer ganzen Weile gesehen hatte. Vielleicht sogar in seinem ganzen Leben.

Er blinzelte in Richtung der Bäume und rechnete immer noch damit, dass seine Brüder aus dem Schatten gesprungen kamen. Doch bisher tat sich nichts.

„Wo kommst du denn her?", fragte er, während er langsam abstieg, um das winzige Tier nicht zu verschrecken.

Wenn seine Brüder das filmten, würde es ihnen leidtun. Er bückte sich und streckte dem Tier die Hand entgegen. Es neigte das kleine knochige Gesichtchen nach links und starrte ihn an. Dann neigte es den Kopf nach rechts, ohne ihn aus den Augen zu lassen.

„Hab keine Angst. Wo kommst du kleine Dame denn her, und was machst du hier?", sagte er mit sanfter Stimme und wackelte mit den Fingern. Zu seiner Überraschung entschied das Zicklein spontan, dass es ihm trauen konnte, und sprang mit seinem roten Kleidchen in seine Arme. Er fing es auf und sofort schmiegte es seine kalte Nase an seinen Hals. Dann stieß es ihm mit dem Kopf unsanft gegen das Kinn.

„Au", lachte Cooper. Er war die kalten Nasen und harten Köpfchen von neugeborenen Kälbern gewohnt, und das winzige Zicklein war nicht einmal halb so groß wie ein Kalb.

Das Kleidchen schlug bauschige Falten, als er das Tier in der Armbeuge trug. „Wo ist Bo Peep?", fragte er, während er das Kleid glattstrich.

Bo Peep – so ging doch der Kinderreim, oder? Er dachte an seine Mutter und erinnerte sich an die Zeit, als er noch ein kleiner Junge gewesen war, vor ihrem Tod. Sie hatte ihm und seinen Brüdern immer Kinderreime aufgesagt. Doch er war noch klein gewesen und hatte lange nicht daran gedacht, wie sie ihn im Arm gehalten und ihm vorgelesen hatte. Diese Erinnerung war lange vergraben gewesen. Er war erst vier Jahre alt gewesen, als seine Mutter bei der Geburt seiner kleinen Schwester gestorben war, kaum alt genug, um sich an sie zu erinnern, von den Geschichten, die sie ihm vorgelesen hatte, ganz zu schweigen. Doch es war immer noch mehr als das, woran sich Shane und Vance erinnern konnten. Sie waren zu jung gewesen, um sich an irgendetwas zu erinnern, und Lana hatte sie nie kennengelernt. Er riss sich von den Gedanken an eine Vergangenheit, die sich nicht ändern ließ, los und konzentrierte sich auf das meckernde, strampelnde rote Etwas auf seinem Arm. Er starrte sie an und runzelte die Stirn.

Schafe. Ja, Bo Peep hatte ihre Schafe verloren. Er lächelte, als er in seiner Erinnerung seine Mutter vor sich sah, die den Kinderreim für ihn aufsagte.

„Also, kleine Dame", sagte er gedehnt in seiner besten John Wayne-Imitation. „Ich schätze, du reitest mit mir." Er hielt seine neue kleine Freundin fest im Arm, setzte den Stiefel in den Steigbügel und schwang sich in den Sattel.

„Bähhh", meckerte das Zicklein, als Cooper die Zügel ergriff. „Jetzt lass uns herausfinden, wer dich in diesen furchtbaren Fummel gesteckt hat."

Er entschloss sich, zuerst auf der kleinen Farm auf der Nordseite der Presley-Ranch nachzusehen. Sie lag ein ganzes Stück weit entfernt, doch das war der erste Ort, der ihm einfiel, also machte er sich auf den Weg. Der Eigentümer war vor etwas über einem Monat weggezogen, doch er hatte gehört, dass dessen Nichte bald herziehen würde. Ein Mädchen aus der Stadt – dem er durchaus zutraute, die arme Kreatur in einen so hässlichen Fummel zu stecken.

Stadtmenschen hatten manchmal seltsame Ideen. Er betrachtete das Zicklein und lachte. Es sah wirklich seltsam aus.

Wenn einer seiner Brüder oder einer der Ranchhelfer ihn so sehen würden, würden sie ihn noch lange damit aufziehen.

Als er über den Hügel ritt, sah er seinen älteren Bruder Drake, der das Abspalten der Stiere von der Herde überwachte. Er lenkte sein Pferd in Drakes

Richtung.

Selbst aus der Ferne konnte er sehen, dass Drake bemerkt hatte, dass er etwas auf dem Arm trug. Er brachte das Pferd zum Stillstand und lüftete die Krempe seines Huts ein wenig.

„Was ist das?" Drake starrte das Tier an, als wäre es eine Klapperschlange, die gleich zubeißen wollte.

Cooper hielt sein Pferd an und schmunzelte. „Hast wohl noch nie eine Ziege gesehen, die angezogen ist, als wollte sie zur Sonntagsschule gehen?"

„Nein, und das habe ich eigentlich auch nicht gebraucht. Wer in aller Welt würde einer Ziege sowas antun?"

„Keine Ahnung." Cooper schnitt eine Grimasse. „Warum es so aufgetakelt hier draußen rumstakst ist die Frage, die sich mir stellt."

„Ist ein Wunder, dass kein Kojote das kleine Ding zum Frühstück verspeist hat."

„Das habe ich auch schon gedacht." Cooper hielt das Zicklein hoch, damit Drake das Outfit betrachten konnte. Weiß behaarte Beinchen mit knubbeligen Knien lugten unter dem roten Rock des Kleidchens hervor und steckten in den kurzen Puffärmeln. „Ist noch ein ganz junges Ding."

„Bähhh", meckerte das Zicklein und trat mit seinen dünnen Beinchen um sich.

Drake schüttelte den Kopf. „Das Gemeckere von Ziegen ist schlimmer als Fingernägel auf einer Schiefertafel – selbst in der Größe."

„Das kannst du laut sagen."

„Hey, vielleicht ist das noch so ein Versuch, dein Herz zu gewinnen, indem sie–"

„Fang bloß nicht wieder damit an", warnte Cooper.

„Ich mein' ja nur. Hunde und Babys haben schon ganz anderen zu Dates verholfen. Vielleicht versucht es Nicole ja jetzt mit kreativen Methoden."

„Ist es wirklich nötig, sie zu erwähnen?"

Sein Bruder grinste und erklärte Cooper, dass es ihm einfach Spaß machte, ihn damit aufzuziehen. Cooper hatte nach dem Fiasko, das er erst kürzlich erlebt hatte, dem Daten bis auf Weiteres abgeschworen. Doch seine Brüder wollten es nicht glauben und zogen ihn zu gerne damit auf.

„Ich kann einfach nicht anders." Drakes Augen funkelten.

„Zu deiner Information. Ich habe meine Meinung nicht geändert. Ich habe Scheuklappen auf, was Frauen angeht. Und ich weiß, dass du und die anderen Wetten am Laufen habt."

„Das haben wir ni–", begann Drake, dann verstummte er. Er log nicht gerne, und Cooper wusste es. „Okay, und wenn schon? Ein bisschen Spaß wird doch wohl erlaubt sein, und wenn einer von uns eine so abwegige Idee hätte, würdest du genauso mitwetten."

„Vielleicht, aber sei gewarnt, nicht mehr zu wetten, als du dir leisten kannst, denn ich hab die Nase voll. Ich habe meine Lektion gelernt."

Er wusste, dass sie nie mehr als zehn Dollar verwetteten, darum würde sich keiner seiner Brüder in Schulden stürzen. Als Drake ihn mit einem Blick bedachte, der sagte: eher lernen Schweine fliegen, machte Cooper ein finsteres Gesicht. „Wie du meinst. Tu, was du willst, denk, was du willst. Ich reite rüber zur Lee-Farm. Vielleicht ist Howards Nichte schon eingezogen."

„Siehst du? Und schon bist du auf dem Weg zu einer Frau." Drake blickte selbstzufrieden drein.

Cooper biss jedoch nicht an. „Das ist der nächstgelegene Ort, von dem eine Ziege kommen könnte. Ich sag dir Bescheid, wenn ich dort war. Oh, und der Stier, dem ich hinterher bin, ist runter in die Schlucht. Viel Glück dabei, ihn da aus dem Unterholz rauszuholen."

„Toll, danke", stöhnte Drake. „Ich kümmere mich drum. Viel Glück." Er grinste. „Soll ich ein Foto von dir und deiner kleinen neuen Freundin für Facebook machen?"

Er warf seinem älteren Bruder einen tödlichen Blick zu. „Vergiss einfach, dass du mich gesehen hast."

Drake lachte, als Cooper davonritt. „Ich glaube nicht, dass ich dich und deine kleine Freundin so schnell vergessen kann", rief er ihm hinterher. „Ihr seht einfach zu süß aus."

„Freut mich, dass ich heute zu deiner Unterhaltung beitragen konnte", rief Cooper über seine Schulter hinweg.

„Und ich werde dir ewig dafür dankbar sein. Aber im Ernst, ich hoffe, du findest ihren Besitzer."

„Ich auch, wenn nicht, bringe ich diese kleine Süße mit nach Hause, damit du dich um sie kümmern kannst. Vielleicht hilft sie dir ja dabei, ein Date zu finden."

Drake lachte. „Immer noch der kleine Klugscheißer."

Es war nicht leicht gewesen, doch endlich stolperte Beth auf flaches Land auf der anderen Seite der Schlucht. Unglaublich erleichtert starrte sie hinunter zum Bach am Grund und erschauderte. Dann hinkte sie durch die Bäume hindurch auf die offene Weide zu.

Sie war schlammverschmiert und hatte keine Ahnung, was alles in ihren Haaren hing. Sie war krank vor Sorge um Tilly und hatte Angst, dass sie ihr Zicklein womöglich nicht finden würde.

Vom Aufstieg war sie außer Atem, doch die Angst trieb sie weiter. Als sie zwischen den Bäumen hervorkam, wollte sie auf die Knie fallen und die weite grüne Weide küssen, die sich vor ihr auftat. Da sah sie ihn, den Cowboy, der auf seinem Pferd über eine Anhöhe geritten kam. Ihr Blick fiel sofort auf das leuchtendrote Etwas in seiner Armbeuge.

Erleichterung und eine Welle von Emotionen brachen über Beth herein. Sie hob ihre Hand an ihren Hals, als sie dem eindringlichen Blick des Cowboys begegnete, und sie atmete keuchend aus, als hätte ihr jemand in die Magengrube getreten. Seine smaragdgrünen Augen schienen die Nachmittagssonne zu reflektieren und sie zu durchbohren.

„Haben Sie was verloren?", sagte er gedehnt, als sie auf ihn zu gerannt kam.

„Sie haben Tilly gefunden!" Das winzige Zicklein begann sofort laut zu blöken und bockte im Arm des Cowboys, um zu Beth zu kommen.

„Genau genommen hat sie mich gefunden."

„Ich bin so erleichtert. Ich habe überall nach ihr gesucht."

Er musterte sie von Kopf bis Fuß und runzelte die Stirn. „Sind Sie okay? Was ist passiert?"

„Oh, ich bin den Abhang in die Schlucht runter

gerollt." Beth streckte die Arme nach ihrem Baby aus. „Oh Tilly."

Das Pferd scheute seitwärts von Beth weg.

„Whoa." Der Cowboy zog die Zügel an. „Ganz ruhig", sagte er, und das Pferd blieb stehen.

„Entschuldigung."

Beth streckte ihm erneut die Arme entgegen. „Ich nehme sie."

Doch anstatt ihr Tilly zu geben, stieg er ab, das sich windende Zicklein immer noch im Arm. Beth blickte zu ihm auf. Er war mehr als einen Kopf größer als sie. Sie war einen Meter fünfundfünfzig groß und schätzte, dass er knapp eins neunzig groß sein musste. Sehr attraktive eins neunzig mit dunklen, gewellten Haaren. Und Smaragdaugen, die unter seinem Stetson Strohhut im Sonnenlicht glitzerten.

Er sah sie finster an. „Dann haben Sie ihr das angetan?" Er sah zunächst Tilly an, dann durchbohrte er Beth mit einem vorwurfsvollen Blick. „Das arme Tier sieht lächerlich aus. Es sollte ein Gesetz gegen sowas geben. Ich frage mich nur warum?"

„Geben Sie mir meine Ziege", sagte Beth gereizt

und nahm ihm Tilly ab.

Er stemmte die Hände in seine Hüften – Hüften, die, wie sie bemerkte, überaus attraktiv in Wildlederchaps aussahen. Er war angenehm anzusehen, von seinem etwas verbeulten Cowboyhut bis hinunter zu seinen abgeschabten Stiefeln. Dabei war das so ziemlich das Letzte, was sie jetzt bemerken wollte.

Sie sah ihn trotzig an. „Ich ziehe sie gerne hübsch an. Sie sollten sehen, wie süß sie in ihrem gelb gepunkteten Sommerkleidchen aussieht."

Ihm blieb der Mund offenstehen. „Sie machen Witze oder?"

„Kein Witz."

„Das können Sie nicht ernst meinen." Als er den Kopf schüttelte und fassungslos die Augen zusammenkniff, bog sie sich vor Lachen.

„Oh, ich meine es ernst. Und ein süßes pinkfarbenes Set hat sie auch. Das ist einfach zu niedlich." Er war einfach zu niedlich, als er sie anstarrte, als hätte sie den Verstand verloren.

Und vielleicht hatte sie das auch. Ihre Ziegen

hatten mehr Klamotten als sie.

„Das verstehe ich nicht, aber das muss ich wohl auch nicht. Oh, und ich bin übrigens Cooper Presley."

Er war einer der Presleys, nicht einer der Cowboys, die auf ihrer Ranch arbeiteten. Bei ihren Besuchen auf der Farm ihres Onkels als Kind war sie ihnen bisher noch nicht persönlich begegnet, sondern sie hatte sie nur aus der Ferne gesehen. Als Teenager waren sie schon beeindruckend gewesen, und wenn alle anderen als Erwachsene so aussahen wie er, dann war das noch beeindruckender.

Sie versuchte, sich nicht von seinem freundlichen Lächeln einwickeln zu lassen.

„Und Sie sind?", fragte er, als sie nicht antwortete.

„Oh, tut mir leid. Ich bin Beth Lee, Howards Nichte."

„Das dachte ich mir. Die Buschtrommeln haben verlauten lassen, dass seine Nichte einziehen würde. Als ich Ihre Ziege gefunden habe, dachte ich mir schon, dass sie von Howards Farm sein musste. Ich war gerade auf dem Weg dahin, als Sie aus dem Wald gekommen sind. Sie sind gestürzt? Sind Sie sicher, dass sie okay sind?" Er sah sie aufmerksam an.

Sie streichelte Tillys Hals. „Ich bin okay. Ich habe an einem steilen Abschnitt die Balance verloren, als ich einen Kojoten gehört und mich erschreckt habe."

„Das kann einem einen ganz schönen Schrecken einjagen." Er streckte die Hand aus und sie glaubte, er wollte ihre Wange berühren. Sie zuckte zusammen. „Ein Blatt." Er zupfte es aus ihren Haaren und hielt es zwischen zwei Fingern. „Sie haben ein paar davon aufgegabelt."

„Ist wohl immer noch besser als ein paar gebrochene Knochen."

„Das wäre nicht gut gewesen. Besonders, wenn niemand wusste, dass Sie hier draußen waren. Im Ernst, Sie sollten nicht hier draußen rumklettern, ohne jemandem Bescheid zu sagen."

Ihr Herz pochte wild, als sie seinem eindringlichen Blick begegnete. „Ja, Sie haben Recht. Das ist mir bewusst. Ich hätte vorhin fast den Notruf angerufen, weil mir nichts Besseres eingefallen ist."

„Sie können mich anrufen. Ich gebe Ihnen meine Nummer, damit Sie mich anrufen können, falls Sie wieder Hilfe brauchen."

Ihre Knie wurden weich. „Oh, okay", sagte sie, plötzlich atemlos. „Danke. Ich habe mein Handy in der Scheune vergessen, ich hole es, wenn wir wieder zu Hause sind."

Seine Kiefermuskeln zuckten. „Nichts zu danken. Mir vorzustellen, wie Sie da unten in der Schlucht liegen, ohne dass jemand davon weiß, ist kein schöner Gedanke. Ich will mir deswegen keine Sorgen machen müssen. Bitte rufen Sie mich an, wann immer Sie Hilfe brauchen."

Sie konnte den Blick nicht abwenden. Dieser Cowboy war wirklich nett. Und umwerfend.

Wirklich umwerfend, und als er sie anlächelte, nachdem er ihr seine Hilfe angeboten hatte, fühlten sich ihre Knie wie Wackelpudding an.

Und das … war nicht gut. Sie war nicht bereit für weiche Knie und ein stolperndes Herz.

Weitere Bücher von Debra Clopton

Windswept Bay
Von Diesem Moment An
Irgendwo Mit Dir
Mit Diesem Kuss & Für Immer Und Ewig
Warten Auf Liebe
Mit Diesem Ring
Mit Diesem Versprechen

Die Cowboys von Mule Hollow Serie
Liebe Mich, Cowboy
Tanz Mit Mir, Cowboy
Immer Ärger mit Lacy Brown
… plus Baby macht fünf
Mein Herz gehört dir, Cowboy

New Horizon Ranch Serie
Ein Cowboy für Maddie
Ein Cowgirl für Rafe
Ein Cowgirl für Chase
Ein Cowgirl für Ty
Eine Familie für Dalton
Eine Tierärztin für Treb
Maddies geheimes Baby
Ein Cowgirl für Austin

Die Cowboys von Ransom Creek
Ihr Cowboy-Held (Vorgeschichte)
Braut zu mieten
Cooper
Shane
Vance
Drake
Brice

Über die Autorin

Die Bestseller-Autorin Debra Clopton hat bereits über 2,5 Millionen Bücher verkauft. Ihr Buch OPERATION: MARRIED BY CHRISTMAS soll sogar als ABC Familienfilm verfilmt werden. Debra ist bekannt für ihre modernen Westernromanzen, texanischen Cowboys und temperamentvollen Heldinnen. Romantik und eine Prise Humor werden immer miteinander verflochten, um den Leser zum Lächeln zu bringen. Als Texanerin in sechster Generation lebt sie mit ihrem Ehemann auf einer Ranch im Herzen von Texas und freut sich immer über Zuschriften von ihren Lesern.

Besuche Debras Website unter
debraclopton.com/deutsch

Melde dich für ihren Newsletter
www.subscribepage.com/KostenloseTexascowboyrom antik

Triff sie auf Facebook unter
www.facebook.com/debra.clopton.5

Folge ihr auf Twitter unter @debraclopton

Kontaktiere sie unter debraclopton@ymail.com